Le tombeau caché de Gengis Khan

Si tu veux en savoir plus sur la Mongolie au Moyen Âge,
tu trouveras à la fin du livre
des informations sur la vie de Gengis Khan
et un glossaire de mots mongols.

ILLUSTRATIONS INTÉRIEURES :
Serge Prud'homme

TITRE ORIGINAL :
Die Zeitdetektive : Das Grab des Dschingis Khan

© 2005, Ravensburger Buchverlag Otto Maier GmbH
Tous droits réservés, reproduction même partielle interdite
© 2007, Bayard Éditions Jeunesse
pour la traduction française et les illustrations.
Loi n°49-956 du 16 juillet 1949 sur les publications destinées à la jeunesse.
Dépôt légal : septembre 2007
ISBN 13 : 978 2 7470 2272 9
Imprimé en Allemagne par Clausen & Bosse

DÉTECTIVES DU TEMPS

Le tombeau caché de Gengis Khan

FABIAN LENK

traduit de l'allemand par
Laurence Bouvard

Illustrations intérieures de
Serge Prud'homme

BAYARD JEUNESSE

Kim, Julien, Léo et Kija, les détectives du temps

Kim l'effrontée, Léo le sportif, l'astucieux Julien et Kija, la mystérieuse chatte égyptienne, forment une petite bande qui partage un secret…

Ils possèdent la clef qui ouvre la vieille bibliothèque du monastère bénédictin Saint-Barthélemy. Au cœur de celle-ci se cache Tempus, une salle étrange qui permet de voyager dans le passé et dont le sol bat au rythme des pulsations de l'Histoire. Là se trouvent des milliers de portes, chacune s'ouvrant sur une année écoulée. En les franchissant, les trois enfants peuvent se rendre aux époques qui les fascinent, comme la Rome antique ou l'Égypte des pharaons, et y élucider des affaires criminelles inexpliquées.

Pour revenir dans le présent, il suffit aux voyageurs de regagner l'endroit précis de leur arrivée, et Tempus les ramène.

Alors que leurs expéditions durent parfois plusieurs jours, les enfants ont constaté, au retour, que les aiguilles de leurs montres n'avaient pas bougé d'une seconde. Ainsi, personne ne sait rien des aventures secrètes des détectives du temps.

1. L'histoire secrète

Ils étaient des milliers, cachés derrière les arbres, leurs armes à la main, prêts à se battre et à mourir pour réaliser le rêve de leur Souverain Universel : unir un empire mondial sous son nom.

Gengis Khan, assis sur son cheval hongre, se dissimulait dans un buisson haut et touffu. Son visage était de marbre. Il avait les yeux fixés sur le chemin boueux, enclavé entre deux rochers, qui traversait la forêt. D'un instant à l'autre, le piège se refermerait : l'ennemi, bien supérieur en nombre, ferait irruption, pourchassant une unité de soldats de Gengis Khan dont la mission consistait à l'attirer dans cette embuscade.

D'abord, seules les ouïes les plus fines perçurent le piétinement lointain des sabots. Peu à peu, il devint plus distinct. Ils arrivaient ! Le destrier de l'empereur se mit à piaffer. Des cris retentirent. Les premiers cavaliers appartenant aux troupes du khan se précipitèrent dans l'étroit passage et disparurent à l'abri du bois.

Alors, l'empereur donna un ordre bref à son cheval, et l'animal bondit sur la piste. Le khan toisa l'ennemi qui venait de jaillir devant lui. Puis il leva son poing vers le ciel, royaume de *Köke Möngke Tangri*, la plus puissante de toutes les divinités. Son regard brillait d'une fièvre étrange. Ses yeux gris bleu reflétaient une colère contenue et une froide résolution. Son expression était celle d'un possédé qui détruirait quiconque oserait se mettre en travers de sa route. Soudain, un cri déchirant sortit de sa gorge, et la forêt prit vie. De toutes parts, des soldats de l'empereur se jetèrent sur leurs adversaires abasourdis. Le rire aigu du khan recouvrit les clameurs de la bataille.

– Ce monde m'appartient ! hurla-t-il. Je suis son roi !

D'un bond, Kim se redressa sur son lit. Ce mouvement brusque réveilla Kija, qui poussa un petit miaulement nerveux. Se tournant vers la chatte, dont la queue fouettait la couverture, la jeune fille lut de l'excitation dans ses pupilles.

– Tu es là, Kija ? murmura-t-elle, le souffle court. Oh, je comprends, ce n'était qu'un rêve !

Son réveil indiquait deux heures du matin. Elle ferma les yeux, reposa la tête sur l'oreiller, puis se mit à gratter du bout des doigts le poil doux de la jolie bête, qui finit par se blottir de nouveau contre sa maîtresse en ronronnant.

Jusque tard dans la nuit, Kim avait été absorbée par un article du magazine *National Geographic* consacré à Gengis Khan, le célèbre empereur mongol qui avait vécu au Moyen Âge en Asie Centrale. L'auteur y détaillait ses tactiques de guerre sophistiquées et mentionnait sa tombe, que personne n'avait pu retrouver à ce jour. Malgré une centaine d'expéditions, le secret de ce lieu légendaire restait entier.

« Étrange, pensa Kim, très étrange. » Le reportage l'avait accompagnée dans son sommeil. Étrange aussi, la nervosité de Kija ; cependant il y avait longtemps que Kim n'essayait plus d'interpréter le comportement souvent énigmatique de cette chatte si intelligente.

« Que vont penser Léo et Julien de cette histoire ? » se demanda la jeune fille. Elle se sourit à elle-même : l'affaire les fascinerait, c'était certain. Elle leur en parlerait dès aujourd'hui. Elle bâilla. Le magazine faisait référence à *L'histoire secrète*, un récit de la vie de l'empereur écrit par ses contemporains. Peut-être le livre lui en apprendrait-il davantage sur cette sépulture. Kim espérait que le volume se trouvait dans les rayons de la vieille bibliothèque.

– *L'histoire secrète ?* Ça sonne plutôt bien, déclara Léo.

Les trois enfants étaient sortis du collège et marchaient, Kija sur leurs talons, dans les petites rues du centre ancien de Siebenhann. Le chemin qui menait au monastère Saint-Barthélemy grimpait en pente douce.

– Mais, si cette histoire est vraiment secrète,

pourquoi serait-elle accessible au public ? objecta Léo, dont l'esprit logique tempérait souvent l'enthousiasme de ses amis.

– Attends de voir ! lança Kim en accélérant le pas.

À ses côtés, Kija faisait de grands bonds. Son corps gracile était tendu.

– Tu as raison, admit Julien. Ça vaut le coup d'essayer !

Ils étaient littéralement électrisés à l'idée de découvrir la tombe de Gengis Khan. S'ils la trouvaient…

Quelques minutes plus tard, Julien sortait la clé de la bibliothèque de la poche de son pantalon et l'introduisait dans la serrure. Le monastère était fermé à l'heure du déjeuner ; personne ne viendrait les déranger. Ils traversèrent la première salle de lecture, remplie de centaines d'ouvrages de géographie. Puis ils atteignirent la salle sombre où étaient rangés les livres d'histoire. Léo, indécis, balaya la pièce du regard :

– Tu connais le nom des auteurs, Kim ?

L'adolescente haussa les épaules :

– Non...
– S'ils ont appelé leur œuvre *L'histoire secrète*, les auteurs ont sûrement voulu garder l'anonymat, non ? lui glissa Léo avec un sourire moqueur.
– Très amusant !
– Un peu de sérieux, s'il vous plaît ! les pria Julien en riant lui aussi.

Il se dirigea vers le rayonnage consacré à l'Asie. Son doigt glissait sur le dos des livres.

– Peut-être qu'on a une chance de trouver avec les mots-clés « Mongolie », ou « Gengis Khan », murmura-t-il.
– Mais les livres sont classés par auteur, fit remarquer Léo.
– Pas seulement, rectifia Julien. Ils sont aussi rangés par matière. Tenez, c'est là !

Il désigna une étiquette blanche, à moitié effacée, sur laquelle figurait l'inscription « Chine/Mongolie ».

– OK, un à zéro pour toi, reconnut Léo.

Les enfants se regroupèrent et sortirent les livres un par un.

– Je l'ai ! s'exclama Kim.

Elle tenait dans les mains un ouvrage vert foncé :
– *L'histoire secrète !*
– Montre !
– Avec plaisir.

Elle déposa le volume sur un pupitre et l'ouvrit. Julien et Léo se mirent à lire par-dessus son épaule.

– Il s'agit d'une chronique du peuple mongol, commenta-t-elle.

Son index se posa sur une ligne au milieu de la page :

– C'est curieux… Ils indiquent qu'elle est destinée exclusivement aux élites dirigeantes.

– Oui, fit Julien, parce qu'elles devaient être les seules à savoir lire.

– Possible…, approuva Kim, l'air absent. Peut-être qu'on va trouver plus loin un indice sur l'endroit où Gengis Khan a été enterré.

Une fois de plus, Léo tempéra les espoirs de la jeune aventurière :

– Je ne crois pas ! Si c'était le cas, les archéologues auraient mis la main sur cette tombe depuis longtemps !

Kim se mordilla la lèvre. Léo avait certainement raison, mais pour le moment la seule piste dont ils disposaient était cette chronique. La jeune fille se mit à la feuilleter et finit par trouver le chapitre concernant la mort de Gengis Khan. Celui qu'on appelait avec respect le Souverain Universel était mort en 1227, pendant la campagne contre la tribu rebelle des Tangoutes, dans la région d'Ordos, au centre de la Mongolie.

Tout à coup, Kim sursauta :

– Il est écrit que le khan est décédé des suites d'une chute de cheval… un an après être tombé !

– Un an après ?

– Oui, regarde toi-même !

– Ça n'a pas de sens ! s'exclama Léo.

Julien secoua la tête :

– On parie qu'ils ont voulu cacher la vérité ? J'aimerais bien savoir de quoi il est vraiment mort !

– Moi aussi ! lança Léo.

Kim posa les mains sur ses hanches :

– Il y a deux points à éclaircir : premiè-

L'HISTOIRE SECRÈTE

rement, quelle est la véritable cause de la mort du khan ? Deuxièmement, où est sa tombe ? Que diriez-vous si...

— Excellente idée ! l'interrompit Léo.

— En route pour le pays des Tangoutes, en Mongolie, l'année de la mort de Gengis Khan ! conclut Julien.

Kija, quant à elle, était déjà partie en direction de Tempus, point de départ de leurs voyages dans le temps. En unissant leurs forces, Léo, Kim et Julien déplacèrent la bibliothèque qui dissimulait l'entrée de la pièce. Ils ouvrirent la grande porte recouverte de symboles magiques. Alors qu'ils hésitaient à entrer, Kija se faufila au cœur de ce lieu mystérieux, baigné d'une lumière bleutée. Ils étaient face à des milliers de portes, sur lesquelles figuraient toutes les dates de l'histoire. Les trois amis décidèrent de faire confiance au flair de la chatte. Kija avança sur le sol vibrant de pulsations jusqu'au chiffre 1227. Les enfants échangèrent un regard. Soudain, le battant s'écarta. Sur le seuil, on pouvait voir des flaques de sang séché. Un cri horrible jaillit de l'obscurité, celui-là même que Kim avait entendu dans son rêve la nuit dernière… Le dos parcouru d'un frisson glacial, elle essaya de chasser la peur qui l'envahissait. Pour que Tempus les emmène au bon endroit, il fallait que tous trois se concentrent sur leur destination : la région d'Ordos, où Gengis Khan avait rendu l'âme.

Kim sauta dans le néant et entendit un nouveau hurlement : cette fois-ci, c'était le sien. Puis il n'y eut plus que le silence.

2. Réduits en esclavage

– Où… où sommes-nous ? balbutia Léo en époussetant ses vêtements.

– Bonne question ! répondit Julien.

Ses yeux s'habituaient tout doucement à la pénombre : ils étaient dans une sorte de galerie d'où partaient plusieurs couloirs obscurs. Tournant la tête, il aperçut au loin une faible lueur :

– Il fait plus clair par ici, venez !

Les enfants avancèrent dans la direction indiquée par Julien. Le chemin s'élargissait progressivement et finit par déboucher sur une vaste grotte.

– Waouh ! Vous avez des super bonnets ! se

moqua Kim en découvrant que ses amis étaient maintenant habillés à la manière des Mongols.

– Le tien n'est pas mal non plus ! répliqua Léo.

Il saisit sa coiffe : elle était en cuir et en fourrure. Les jeunes gens portaient des bottes montant jusqu'aux genoux, des pantalons moulants et une chemise large finement tissée, serrée à la taille.

Les enfants passèrent de l'ombre de la caverne à la lumière du jour. Un pâle soleil éclairait un paysage de massifs montagneux bordés d'un chapelet de paisibles collines herbues.

– Les steppes de Mongolie, murmura Julien.

– Tu es sûr ? demanda Léo. On voulait rejoindre l'armée de Gengis Khan, et on se retrouve dans ce trou paumé : du gazon, des montagnes, et pas âme qui vive !

Julien quitta ses bottes des yeux pour regarder autour de lui :

– On doit absolument mémoriser cet endroit. Rappelez-vous qu'il faudra revenir ici pour retourner dans notre monde.

– Ça ne va pas être simple, lâcha Léo. Des grottes, il y en a autant qu'on veut dans le coin !

– Oui, mais la nôtre a un accès bien particulier, remarqua Kim. Regardez sa forme ovale : on dirait une bouche ouverte. Et ces deux machins qui pendent sur les côtés ressemblent à des dents !

– J'aimerais bien avoir ton imagination ! s'exclama Léo. Ces deux dents, comme tu dis, ce ne sont que des stalactites !

– Peu importe ! Ce qui compte, c'est qu'elles vont nous permettre de nous repérer. Seulement, ça ne nous dit pas où nous sommes... Il n'y a pas l'ombre d'une armée aux alentours. Qu'en penses-tu, Kija ? Tu crois que Tempus s'est trompé, cette fois ? lança-t-elle en prenant la chatte dans ses bras.

Kija s'étira en miaulant.

– Eh bien, toi, au moins, tu as l'air de te plaire ici ! fit la jeune fille avec un sourire.

Elle mit sa main en visière et scruta l'horizon. Soudain, elle s'écria :

– Hé ! Là-bas... des cavaliers !

C'était exact. À l'est, une caravane cheminait à flanc de montagne.

– Allons à leur rencontre ! proposa Kim. Ils sauront certainement où se trouve l'armée du khan.

– Excellente idée !

La chatte était la seule à n'être pas d'accord : elle sauta à terre et bondit à l'intérieur de la grotte.

– Reste là, Kija ! ordonna Kim. De quoi as-tu peur ?

La chatte se retourna et poussa un miaulement les exhortant à la suivre.

– Ah non, pas question ! répondit sa maîtresse. C'est toi qui nous accompagnes. On y va, les garçons !

Ils se mirent en route. Kija lança encore un petit « miaou ! » plaintif et finit par les rattraper.

Bientôt, ils rejoignirent le convoi. Un homme richement vêtu, qui semblait diriger les opérations, chevauchait en tête sur un hongre trapu. Derrière lui marchaient une vingtaine de personnes en guenilles, encadrées par des cavaliers armés jusqu'aux dents. Enfin venaient des chameaux chargés de marchandises. À la vue des enfants, le chef leva la main, et tous s'arrêtèrent. Il toisa les trois amis et la chatte en silence. La queue de Kija fouettait le sol, remuant de gauche à droite, signe d'une extrême nervosité, dont les jeunes gens ne comprenaient pas la cause. Du moins, pas encore… L'individu avait les yeux légèrement bridés, la mâchoire proéminente et le nez écrasé. Ses lèvres, qui paraissaient avoir été modelées dans du cuir, ourlaient une bouche sévère.

Après une seconde d'hésitation, Julien s'inclina :

— Nous cherchons l'armée de Gengis Khan. Pouvez-vous nous montrer le chemin ?

Une lueur d'intérêt éclaira le visage de leur interlocuteur :

— Trois enfants au long nez et un chat, perdus dans notre belle contrée... Comment êtes-vous arrivés ici ?

Léo et Kim se tournèrent immédiatement vers Julien : c'était lui, le spécialiste de ce genre d'explications. Le garçon hocha la tête ; il avait compris.

— C'est une triste histoire, commença-t-il. Nous gardions les moutons à proximité de notre campement lorsque nous avons été attaqués. Alors...

— Qui étaient vos agresseurs ? l'interrompit le Mongol.

Julien haussa les épaules :

— Probablement des rebelles tangoutes... Il y a eu un combat, et nos parents ont été enlevés.

Il essuya quelques larmes fictives. Kim avait un mal fou à se retenir de rire. Julien était un excellent comédien et le champion toutes catégories de ce genre d'improvisation.

– Assez de pleurnicheries ! lança l'homme.

Julien obéit et reprit son récit :

– Nous avons été séparés de nos parents, et depuis nous errons dans la steppe à la recherche de l'armée du khan. Elle pourra retrouver les Tangoutes et libérer notre famille…

L'individu cracha sur le sol :

– Ainsi, vous voulez renforcer les troupes de notre puissant empereur ? Par la grande *Etugen-eke,* voilà une nouvelle qui va lui faire grand plaisir !

Il éclata d'un rire retentissant, qu'imitèrent ses cavaliers.

– C'est d'accord, je vais vous aider, déclara-t-il en reprenant son sérieux. Après tout, aujourd'hui est une belle journée… De plus, je ne voudrais pas qu'on prétende que Mangou, l'honorable homme d'affaires, n'a pas de cœur !

Il se tourna vers les hommes armés, qui hochèrent vigoureusement la tête.

Sa vanité commençait à taper sur les nerfs de Kim :

— Nous t'avons demandé un itinéraire, c'est tout. Elle est où, cette armée ?

Le visage de Mangou perdit toute trace de gaieté.

— Qui es-tu pour oser me parler sur ce ton ? cria-t-il.

Il fit signe à l'un de ses soldats, qui sauta de son cheval et se précipita sur l'adolescente. Kim, très agile, l'évita et lui fit un croche-pied. Pris au dépourvu, le Mongol chuta lourdement. Léo et Julien s'approchèrent de leur amie pour la protéger, mais l'agresseur, qui s'était déjà relevé, se jeta sur eux, fou de rage. Au même instant, Kija bondit et lui mordit le bras jusqu'au sang. Il poussa un hurlement de douleur. Alors, les compagnons de Mangou saisirent leurs lassos. Avant d'avoir eu le temps de dire ouf, les trois amis se retrouvèrent ligotés sur l'herbe. Kija courait de l'un à l'autre, désemparée. L'homme qu'elle avait attaqué essayait en vain de l'attraper pour l'enfermer dans un sac.

– Ça suffit ! ordonna Mangou.

Il descendit sans hâte de sa monture et se pencha sur ses prisonniers :

– Vous avez beaucoup de chance ! Non seulement je ne vais pas vous tuer, mais en plus je vais vous conduire jusqu'au khan. Son armée est toute proche.

Les enfants lui lancèrent un regard hostile.

– En fait, je vais vous vendre. L'empereur a toujours besoin de domestiques zélés.

Il palpa l'avant-bras de Léo :

– Toi, tu es costaud !

– Espèce de pourriture ! siffla Kim.

– Tais-toi ! la supplia Julien.

Mangou fit la grimace :

– Laisse-la tranquille. Sache, jeune demoiselle, que je te trouve assez mignonne, et que j'apprécie ton tempérament...

Il se frotta le menton d'une main et se mit à caresser de l'autre les cheveux de Kim. Un sourire éclaira son visage tanné :

– Mmh... Peut-être vais-je faire de toi l'une de mes épouses.

– Ça, jamais ! protesta-t-elle.

Si elle n'avait pas été attachée, elle lui aurait volontiers lacéré le visage de ses ongles.

– Nous, les Mongols, avons de nombreuses femmes, reprit-il en ignorant le cri du cœur de la jeune fille. Mais il faut que je réfléchisse, vu que je pourrais aussi te vendre à un bon prix...

Il fit un geste en direction de ses soldats. On aida les enfants à se relever et on les poussa aux côtés des malheureux en loques. Kija assistait à la scène, cachée dans les hautes herbes.

La caravane se remit en marche, Mangou chevauchant fièrement en tête.

– Ça commence bien ! soupira Kim, abattue.

– Attends que nous ayons rejoint Gengis Khan. On y verra plus clair, fit Julien pour essayer de la consoler.

– Il faut être positifs, intervint Léo. Après tout, il nous conduit au campement du khan. Sans lui, on n'aurait peut-être jamais pu le trouver...

Il se tourna vers un couple et ses deux enfants qui marchaient derrière lui en traînant les pieds :

– Vous aussi, vous avez été réduits en esclavage ?

– Oui, confirma le mari, dont le nom était Alach. Nous appartenions à une petite *yasoun* des montagnes, nous élevions des chèvres et des moutons. Une nuit, les hommes de Mangou ont fait irruption dans notre *yourte* et nous ont attaqués. Ceux qui se sont défendus ont été massacrés, les autres sont maintenant dans ce triste cortège...

Léo observa avec angoisse ses compagnons d'infortune.

– Mangou nous donne très peu à manger, poursuivit Alach. La nourriture coûte cher et fait diminuer son profit.

– L'armée du khan est-elle vraiment proche ?

Alach haussa les épaules :

– Aucune idée. Elle se déplace constamment d'un village à l'autre. Nous serons peut-être morts avant qu'elle soit en vue...

3. L'armée de Gengis Khan

Le crépuscule assombrissait peu à peu les prairies vallonnées. Cependant, le cortège avançait toujours, les trois enfants marchant au milieu des esclaves. Tout à coup, des cris brisèrent le silence. Un cavalier, envoyé par Mangou en éclaireur, venait de rejoindre la caravane.

– J'ai repéré le camp ! annonça-t-il.

– Bravo, tu es très doué ! le félicita le marchand d'esclaves. Mais ça ne m'étonne pas : si ce n'était pas le cas, tu ne serais pas à mes côtés !

Kim, excédée, leva les yeux au ciel :

– Quel vaniteux, ce type ! Je ne vais pas le supporter longtemps !

– Tiens ta langue ! la mit en garde Julien. Surtout, pas de paroles inconsidérées !

– Ne t'inquiète pas ! C'est dur, mais je me contrôle...

Le guetteur conduisit la petite troupe au sommet d'une colline et il pointa le doigt en direction du sud. Kim, Julien et Léo en restèrent bouche bée : un immense camp militaire, installé à l'orée d'une forêt, était formé d'une multitude de yourtes rondes, entre lesquelles allaient et venaient de minuscules points noirs.

– Ils sont des dizaines de milliers..., souffla Mangou avec admiration. Seul un *gour khan* d'exception est capable de réunir sous ses ordres autant de soldats. Et cet homme, c'est Gengis Khan.

– Ah bon ? Ce n'est pas le merveilleux Mangou ? Lui, si grand et si beau ! lança Kim.

Fort heureusement, elle parla très bas, et personne, hormis ses amis, ne l'entendit. Léo la rappela à l'ordre :

– Chut, Kim ! Arrête, s'il te plaît !

– Ce n'est pas toi qui risques de te marier avec cet abruti, répliqua-t-elle rageusement.

— On empêchera ça, c'est promis, se hâta de lui assurer le garçon.

— Juré, craché ! enchérit Julien. Attention, le voilà !

Mangou écarta les autres esclaves de son passage et s'approcha de Kim.

— Qu'y a-t-il, ici ? Tu es impatiente, c'est ça ? Tu veux épouser l'honorable Mangou sans plus attendre ? demanda-t-il avec un sourire moqueur.

Kim serra les dents.

— Je vois de la colère dans tes yeux, poursuivit-il. Tu as du caractère, certes, mais un peu trop à mon goût... Tu n'auras pas l'honneur d'être ma femme, j'ai décidé de te vendre, toi aussi. Tu es trop revêche pour moi !

— Comme c'est dommage ! siffla Kim, moqueuse.

Léo et Julien adressèrent une courte prière au ciel pour que Mangou ne relève pas l'ironie de cette remarque. L'espace d'un instant, le Mongol sembla sur le point d'ajouter quelque chose. Puis il se détourna et monta sur son cheval.

Peu de temps après, la caravane atteignit le campement. La fumée des innombrables feux saturait l'air. Des chameaux blatéraient, des moutons bêlaient ; les hennissements des chevaux mongols trapus retentissaient de toutes parts. Des sentinelles guidèrent le cortège entre la multitude de yourtes, qui formaient une véritable ville. Devant certaines, des soldats mangeaient une soupe appelée *guriltai shol* et se désaltéraient avec un alcool du nom d'*arkhi*. D'autres jouaient au *yisün toqoi,* un jeu d'osselets. Les enfants admirèrent un combattant qui nourrissait un faucon apprivoisé, perché sur son avant-bras.

Ils s'arrêtèrent devant une yourte un peu plus grande que les autres. Un homme de forte corpulence, les jambes arquées, en sortit et jeta un regard distrait sur les nouveaux arrivants.

Mangou s'inclina :

– Salut, noble Dobun ! Je t'amène des serviteurs bien zélés.

– Ce ne sont que des esclaves à moitié morts de faim, rien de plus ! le reprit Dobun.

– C'est faux ! protesta Mangou, feignant d'être offensé. Sache, mon cher, qu'ils sont durs à la tâche et corvéables à merci. Ils seront parfaits pour s'occuper du bétail. Je te ferai un bon prix ! Que dis-je, pour toi, ce sera le meilleur des prix ! Quasiment un cadeau !

Dobun le fixa avec mépris :

– Arrête tes salades ! Je prends juste ces trois enfants-là. Ils ramasseront les excréments des animaux. Pour ce qui est des autres, je n'en aurai pas l'utilité. Fichez le camp !

– Je t'en supplie, mon vénérable ami, tu ne vas pas me…

– Tais-toi et disparais avant que je ne change d'avis !

Il lança une bourse à Mangou et ordonna aux gardes de raccompagner la troupe hors du camp. Dès qu'elle eut disparu, Dobun se tourna vers les jeunes gens :

– À nous maintenant : vous avez la possibilité de mener ici une vie tout à fait supportable, à la seule condition que vous m'obéissiez. Compris ? Vous dormirez avec les autres enfants esclaves. Pendant la journée, vous ramasserez les déjections des bêtes avec ces fourches et ces paniers. Comme on ne trouve que peu de bois à brûler dans la steppe, nous utilisons les excréments des animaux pour alimenter le feu. Les outils sont rangés derrière cette yourte, c'est là également que vous déposerez votre récolte. Des questions ?

– Oui ! osa Kim. Nous avons une chatte. Elle peut rester avec nous, n'est-ce pas ?

L'homme fronça les sourcils :

– Une chatte ? Moi, elle ne me dérange pas. Mais il y a quelques cinglés ici qui apprécient particulièrement les chats… dans leur assiette !

À ces mots, il tourna les talons, un sourire sarcastique sur les lèvres.

– Et le pauvre Alach et sa famille, que vont-ils devenir ? s'inquiéta Julien.

Kim soupira :

– Si Mangou n'arrive pas à les vendre, il les laissera partir, car ils n'auront plus aucune valeur…

– Peut-être qu'il reviendra dans le coin pour faire des affaires avec Dobun, dit Léo. Dans ce cas, nous tenterons de les libérer.

Julien ne trouvait pas cette hypothèse très plausible, mais ils ne pouvaient rien de plus pour les esclaves de Mangou. Il changea de sujet :

– Réjouissons-nous d'être ici. Ce n'était pas gagné d'avance !

– C'est vrai ! approuva Kim. J'ai bien cru que j'allais devenir la concubine de ce répugnant marchand d'esclaves. Quelle horreur, ce type !

– Dommage que nous n'ayons pas encore eu l'occasion de rencontrer Gengis Khan. J'ai vraiment hâte de voir à quoi il ressemble ! fit Léo.

Il attrapa une fourche et un panier :

– Allez, au travail ! Profitons-en pour visiter le camp et observer discrètement ce qui s'y passe.

Ils commencèrent l'inspection des lieux. Au centre du bivouac s'élevait un étrange bâtiment : une immense yourte posée sur plusieurs chariots. Une vingtaine de bœufs paissaient à proximité. Ils étaient visiblement destinés à être attelés, en cas de besoin, aux carrioles, afin de transporter la tente sans qu'on ait à la démonter.

Des bannières flottaient devant la porte, que ne cessaient de franchir des hommes en armes.

— Je parie que ce sont les quartiers de Gengis Khan, chuchota Léo.

Il essayait avec peine de ramasser des excréments de cheval, et finit par tout renverser au milieu du chemin.

— Oh, crotte ! grogna-t-il.

— C'est le cas de le dire ! fit une voix derrière eux.

Ils se retournèrent et découvrirent une petite fille maigre aux cheveux hérissés. Elle portait sa fourche sur l'épaule.

— Fais mieux si tu peux ! lui lança Léo d'un ton amical.

La fillette, qui avait onze ou douze ans, ne lui

rendit pas son sourire. Son mince visage avait une expression mûre et grave. D'un geste, elle attrapa du crottin avec son outil et le déposa dans un panier.

– Bravo, un point pour toi! s'exclama Léo. Comment t'appelles-tu?

– Tscha'arun, répondit-elle sèchement.

Elle se baissa vers Kija, qui s'était approchée et se frottait contre ses jambes.

– En général, on m'appelle Tscha, ajouta-t-elle.

Les trois amis se regardèrent. Ils s'attendaient à ce qu'elle leur demande leurs noms, mais elle n'en fit rien.

– Kija l'aime bien, c'est bon signe, commenta Kim à voix basse.

Elle reprit à l'attention de Tscha:

– Nous sommes arrivés tout à l'heure…

Elle fit une pause. Tscha lui jeta un coup d'œil indifférent, puis elle demanda:

– Vous êtes des esclaves?

– Oui, confirma Kim.

– De Mangou?

– Exact.

Tscha se redressa. Ses yeux se voilèrent de

chagrin et elle serra si fort le manche de sa fourche que ses doigts blanchirent.

– Mangou les capture tous, murmura-t-elle. Les petits, les faibles comme nous, ceux qui ne peuvent pas se défendre ou qui sont seuls et perdus sur ces vastes terres…

– Toi aussi, tu es prisonnière ? demanda Kim avec prudence.

Tscha hocha plusieurs fois la tête avant de poursuivre :

– Notre yasoun a été attaquée. Pendant la bataille, j'ai été séparée de ma famille. Je ne sais pas ce que sont devenus mes parents, mon frère et ma sœur. Ils sont probablement morts. J'étais une proie facile pour un homme comme Mangou ! Avec vous, nous serons vingt enfants à travailler ici. On habite tous ensemble, dans la yourte là-bas.

Tscha désigna l'endroit d'où ils venaient :

– Je vais vous montrer…

Après avoir jeté les déjections sur le tas de fumier, la fillette les conduisit jusqu'à une modeste tente. Comme les autres, celle-ci était recouverte d'un drap blanc et d'un *tougurga*. Tscha ouvrit la lourde porte en bois et entra.

– Fais attention ! gronda-t-elle à l'attention de Julien.

– À quoi ? fit-il, interloqué.

– Au *bosuga* ! Tu as failli marcher dessus ! Il ne faut pas toucher le seuil d'une yourte, ça porte malheur !

– Ah, d'accord.

Il fit un grand pas pour enjamber le pas de porte ; Léo et Kim l'imitèrent. Au centre de la tente, sous un conduit de cheminée rond, se trouvait un lourd poêle posé sur trois pieds. Un modeste autel était installé en face de l'entrée. Il abritait deux figurines de feutre représentant des *ongons,* et une mamelle sculptée en bois, symbole de chance.

Tscha leur indiqua trois nattes :

– Vous pourrez dormir ici quand vous aurez terminé votre travail. Vous avez soif ?

Sans attendre la réponse, elle remplit trois gobelets d'un liquide clair.

– C'est de l'*aïrak,* du lait de jument. On dirait que c'est la première fois que vous en buvez ! D'où venez-vous donc ? demanda-t-elle, étonnée par la grimace de Léo.

Avant de répondre à sa question, les amis se présentèrent à tour de rôle ; puis Julien fut chargé d'expliquer d'où ils arrivaient :

— De très loin… Bien au-delà des montagnes !

Le garçon remarqua que le petit sourire qui éclairait enfin le visage de Tscha la rendait vraiment jolie.

— Bien au-delà des montagnes ? reprit-elle avec ironie. Bon, passons, tout le monde a droit à ses petits secrets… Venez ! Si on ne veut pas avoir l'horrible Dobun sur le dos, il faut se remettre à l'ouvrage. Attention au bosuga !

— Tu prends cette histoire de seuil drôlement au sérieux ! constata Julien.

Vive comme l'éclair, Tscha se tourna vers lui :

— Bien sûr ! Et tu ferais bien de m'imiter ! Le khan ordonne que l'on décapite quiconque effleure le bosuga de sa yourte ! Tu saisis ?

— Oui, oui, c'est très clair ! bredouilla Julien. Ne jamais marcher sur le bosuga… à aucun prix !

— J'aime mieux ça, soupira-t-elle. Sinon, tu risquerais de ne pas voir l'aurore, ce serait tout de même dommage !

— Couper une petite tête si intelligente ?

s'exclama Kim. Oh, non ! Ce serait du gâchis !

Sa boutade lui valut un coup d'œil furieux de Julien.

Tscha prit un air grave :

— Et puis, il y a une autre menace...

Un frisson parcourut le dos du garçon. Il demanda d'une voix inquiète :

— Quelle menace ?

La petite Mongole les dévisagea l'un après l'autre.

— Oh, les ignorants ! Un combat est prévu pour demain. Pas n'importe lequel : un affrontement très important avec les troupes de Burhan, le chef des Tangoutes. Qutula, le chamane, a dit que ce serait une bataille comme on n'en a encore jamais vu dans ce pays !

Elle baissa le ton jusqu'au murmure :

— Qutula a prédit qu'il y aurait des milliers de morts et que la steppe allait se transformer en une mer de sang. Je prie la grande *Yal-un qan eke* pour que nous soyons encore en vie lorsque le jour se lèvera après le carnage...

4. La bataille

Le soleil émergeait à peine de derrière les sommets. Dobun avait envoyé Kim, Léo et Julien puiser de l'eau dans une mare peu profonde située à l'orée du bois. Tout semblait calme en ce petit matin glacial ; cependant, les trois amis étaient nerveux : ils redoutaient la bataille imminente. Ils avaient discuté à voix basse pendant la moitié de la nuit, pour se donner du courage et échafauder des plans afin d'échapper au danger. À présent, ils étaient agenouillés côte à côte en silence et remplissaient leurs seaux d'eau claire et froide, attentifs au moindre bruit. C'est avec soulagement qu'ils regagnèrent ensuite le camp.

Alors qu'ils venaient d'abreuver des chevaux, Kija, les oreilles rabattues, manifesta soudain de la nervosité.

– Que se passe-t-il ? Qu'est-ce qui te contrarie ainsi ? l'interrogea Kim dans un murmure.

À ces mots, la chatte fila, rapide comme l'éclair.

– Elle se dirige vers la tente du khan ! souffla l'adolescente.

– Aïe ! lâcha Julien, se rappelant les mises en garde de Tscha à propos du seuil de la porte. Reviens tout de suite, Kija !

– Laisse-la, s'exclama Kim. Elle a sûrement découvert quelque chose d'intéressant. Venez, suivons-la !

De nombreux soldats s'étaient rassemblés devant la yourte de leur chef. Les enfants se faufilèrent à travers la foule jusqu'au premier rang et aperçurent enfin Gengis Khan, assis sur un modeste tabouret devant l'entrée. Il portait un uniforme en cuir noir, des bottes richement ornées et tenait un fouet à la main. Sur ses lèvres flottait un sourire un peu rêveur, et ses prunelles gris bleu, pétillantes d'intelligence, contemplaient les visages de ses compagnons. S'il fixait l'un d'eux d'une façon un peu appuyée, l'homme baissait les yeux avec déférence. Le khan n'avait pas besoin de prononcer une seule parole pour inspirer le respect à ses troupes.

Un chant étrange, rythmé par des percussions, retentit alors. Les traits de Gengis Khan se durcirent. La foule s'écarta, et un personnage coiffé d'une couronne de plumes et 0portant un tambour apparut. Il était vêtu d'un long manteau orné de griffes d'oiseau, de larges rubans colorés et de touffes de duvet.

– C'est Qutula, le chamane ! chuchota Tscha, qui venait de se glisser derrière eux.

Qutula s'installa au milieu de l'attroupement et s'inclina devant son maître. Toujours sans prononcer un mot, Gengis Khan lui adressa un hochement de tête. Le chamane commença à danser et à chanter en frappant de plus en plus vite sur son instrument. Bientôt, le tempo devint infernal. Tout à coup, il tomba à genoux et sortit un petit récipient d'un sac accroché à sa ceinture. Il le couvrit de son manteau, puis souleva un pan du vêtement d'un mouvement sec. Des flammes aveuglantes en jaillirent. Impressionnée, l'assemblée recula d'un pas.

– Un feu volant[1], murmura Tscha avec admiration.

Les trois amis échangèrent un regard, mais leur attention retourna vite au sorcier : il avait allumé un petit brasier, sur lequel il déposait un os. Devant l'air étonné de ses amis, la jeune Mongole expliqua :

– Qutula va lire l'issue de la bataille sur une omoplate de mouton.

Ils n'eurent que quelques minutes à attendre. L'homme sortit l'ossement des braises et examina les minces fissures creusées par le feu.

Puis il se releva et déclara enfin :

– Grand Khan ! Le ciel a parlé : l'épaule s'est fendue dans le sens de la longueur, tu vas gagner !

L'explosion de joie générale qui suivit ses

---

1. Les feux volants (*feihuo* en chinois) sont les ancêtres de la poudre à canon. Ils furent inventés et utilisés par les Chinois à des fins militaires dès les années 904-906.

paroles se calma à la seconde où le khan se leva.

— Chacun connaît la tâche qu'il doit accomplir, rappela le souverain à ses lieutenants. En avant !

Une heure plus tard, le campement était désert. Des milliers de soldats en armes s'étaient évaporés dans la forêt. Un petit groupe de guerriers était parti au-devant des Tangoutes, qui, d'après les sentinelles, approchaient.

Kim, Léo, Julien, Tscha et Kija s'étaient installés tout en haut d'un arbre. De ce perchoir, ils disposaient d'une bonne vue sur le chemin traversant la forêt et ils s'y sentaient relativement en sécurité. Quelques minutes auparavant, une conversation houleuse les avait divisés. Julien pensait qu'il était plus sûr de suivre les affrontements depuis une butte éloignée d'une centaine de mètres. Kim et Léo lui avaient opposé qu'ils seraient trop loin pour voir quoi que ce soit, et qu'un bosquet leur cacherait la bataille. Ils mouraient d'envie de savoir comment le khan allait traverser le massacre. S'en sortirait-il indemne, ou serait-ce son ultime combat ? Finalement, les deux enfants avaient imposé leur point de vue. Ils se doutaient bien que leur refuge serait précaire, mais ils étaient prêts à courir le risque…

Kim était assise sur une fourche, le dos appuyé contre le tronc, et caressait le poil soyeux de Kija, blottie contre elle. Elle percevait à quel point la chatte était tendue, comme si l'animal avait conscience du danger.
— C'est la même situation que dans mon rêve…, souffla-t-elle à ses amis. À la seule différence que ce n'en est plus un !
Une heure s'écoula. Ils commençaient à s'impatienter lorsque des cavaliers surgirent au grand galop sur le chemin. L'un d'eux avait lâché les rênes et était agrippé à l'encolure de son cheval ; du sang coulait d'une blessure dans son dos. Des éclats de voix retentirent. Tout à coup, Gengis Khan et sa monture se postèrent au milieu du passage. L'empereur brandissait un cimeterre orné de superbes gravures.

LA BATAILLE

– C'est le sabre consacré par Qutula ! s'exclama Tscha. Il va donner encore plus de force à l'empereur !

Soudain, une horde de Tangoutes armés jusqu'aux dents déferla sur le khan. Il poussa un cri déchirant.

« Ce sont exactement les images de mon cauchemar... », se dit Kim, plaquant sa main devant la bouche.

Tous les soldats du khan jaillirent en même temps de la forêt et se jetèrent sur l'ennemi, pétrifié de stupeur. La bataille, rythmée par le cliquetis des fers, le sifflement des flèches, les cris rageurs des combattants et les râles des blessés, prit rapidement un air d'apocalypse.

– Oh là là ! Oh là là ! ne cessait de répéter Julien.

Il était tout pâle. Incapable de regarder davantage ce massacre, il fixait un petit cumulus, seul nuage voguant dans le ciel. Si seulement les autres l'avaient écouté ! Ils seraient en sécurité sur la colline...

Kim ne vivait pas la situation de la même manière. Elle était fascinée par la scène qui

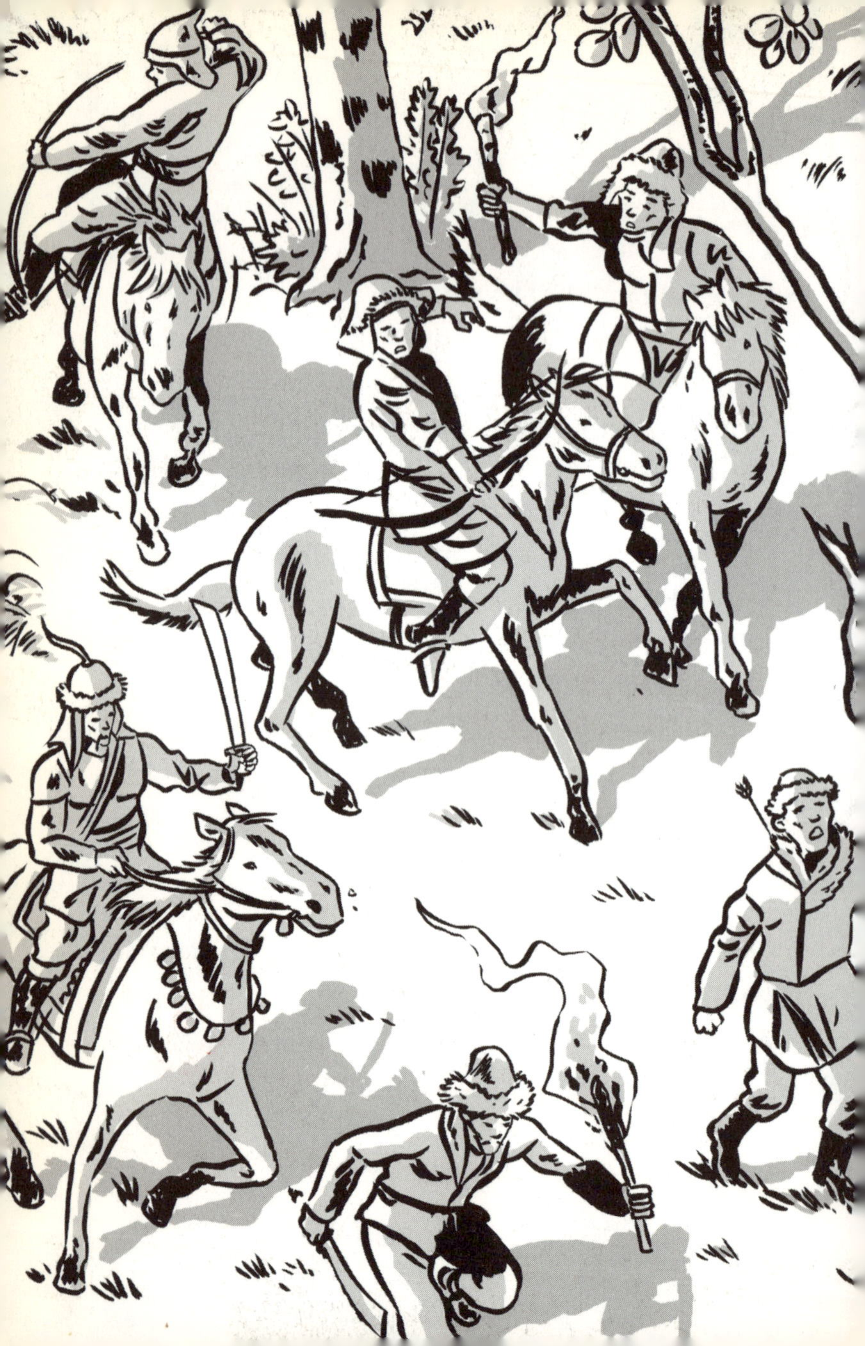

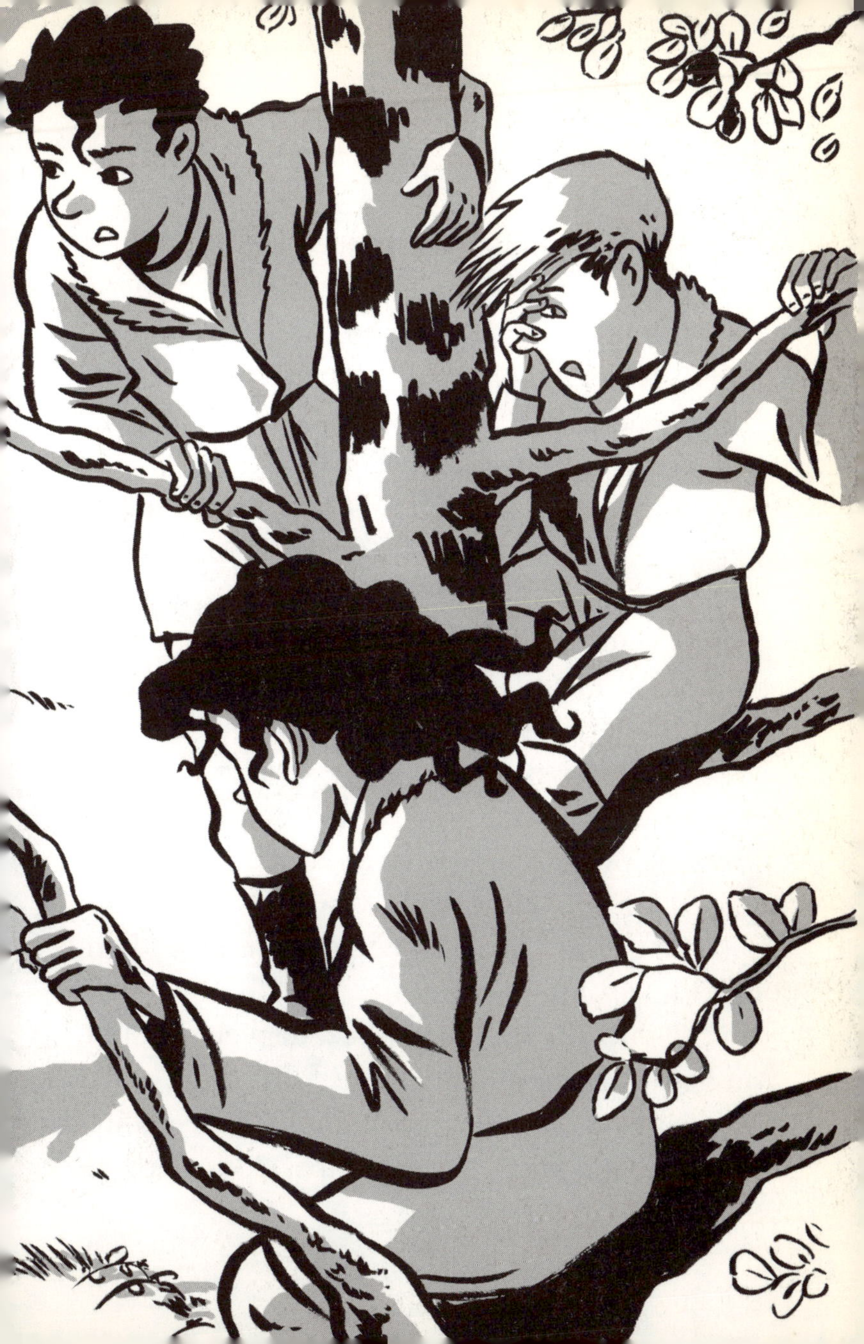

se déroulait sous ses yeux et se concentrait sur le khan.

— Quel cavalier magnifique! lança-t-elle à Léo. *L'histoire secrète* s'est trompée. Comment croire qu'il va mourir dans quelques heures des suites d'une chute de cheval ayant eu lieu l'année dernière!

Le garçon était d'accord avec elle:

— C'est impossible! Il doit y avoir une autre expli...

Il s'interrompit et cria:

— Attention!

Il baissa la tête et évita de justesse une flèche enflammée qui vint se planter dans le tronc.

— Oh, non, s'exclama-t-il, ça va cramer!

Tout un côté de l'arbre s'était déjà embrasé; le feu se propageait à vive allure.

— Il faut qu'on descende de là!

— Tu es fou! Tu as vu ce qui nous attend en bas? hurla Julien, paniqué.

— On n'a pas le choix! Allez, dépêchez-vous: on va se cacher ailleurs!

Il sauta de branche en branche avec agilité jusqu'au sol, suivi par ses amis. Sous l'arbre, deux hommes se battaient au sabre, pendant que d'autres se roulaient par terre, dans un combat au corps à corps. Léo, fébrile, regardait autour de lui. Le sapin situé à quelques mètres de là ne leur offrirait aucun point d'appui pour grimper. Un guerrier lancé au grand galop faillit les heurter. Il banda son arc et envoya une flèche dans la poitrine d'un Tangoute. Entre-temps, leur refuge s'était transformé en une gigantesque torche, d'où tombait une pluie de braises incandescentes. La chaleur devint vite insoutenable.

Julien pressait Léo de questions :

– Où va-t-on ? Par ici ? Par là ? Réponds, s'il te plaît : où va-t-on ?

Léo comprit que la panique était en train de faire perdre la tête à son ami. Il fallait sortir de cet enfer… Tout de suite ! Son pouls s'accéléra. Là ! Le rocher ! Serait-il assez volumineux pour les protéger ? Ça valait le coup d'essayer. De toute façon, c'était leur seule chance.

– Venez ! cria-t-il.

Il conduisit le petit groupe derrière la grosse pierre.

– Baissez-vous ! ordonna-t-il.

Il poussa un soupir de soulagement : en se serrant les uns contre les autres, ils seraient un peu plus en sécurité. Au moment où il se décidait à jeter un coup d'œil sur le champ de bataille, un projectile percuta la roche juste à côté de lui, faisant jaillir des étincelles avant de retomber sur le sol. Il s'agissait d'une flèche à la pointe en fer. Léo se jeta à terre, le souffle coupé.

– Qu'est-ce que c'était ? lâcha Julien d'une voix tremblante.

Il était blotti entre Tscha et Kim, qui serrait Kija contre elle. La chatte avait les yeux écarquillés de peur.

– Tout va bien, mentit Léo, essayant de retrouver un peu de sang-froid. Mais interdiction formelle de lever la tête, ne serait-ce que d'un centimètre ! C'est compris ?

5. Le lézard

À la tombée de la nuit, l'armée de Burhan, le prince tangoute, était anéantie. Après avoir remercié les divinités, les vainqueurs transformèrent leur bivouac en une gigantesque fête. Même si ce n'était qu'une étape, cette victoire était particulièrement importante, car Burhan avait la réputation d'être un redoutable stratège.

Des feux de joie, à la lueur desquels on riait et dansait, avaient été allumés. Un musicien jouait une mélodie entraînante sur un *morinkhuur*, une sorte de violon. Le *qoruja*, une boisson très alcoolisée, coulait à flots.

Kim, Léo et Julien avaient été affectés au

service du khan, installé en compagnie de ses lieutenants devant sa yourte ornée d'une multitude de bannières. Les enfants leur apportaient de copieuses assiettées fumantes de *dal* et de *miqa*. Ainsi pouvaient-ils garder un œil sur Gengis Khan.

– Il est en pleine forme, et d'excellente humeur ! murmura Kim.

– C'est incontestable, approuva Julien.

Le garçon s'était remis de sa frayeur et avait retrouvé son entrain habituel :

– Si *L'histoire secrète* dit vrai, le khan va mourir dans quelques heures. Mais de quoi ?

Kim fronça les sourcils :

– Il y a forcément une erreur ! Que pourrait-il bien lui arriver d'ici demain ?

Soudain, une scène attira son attention : deux soldats, encadrant une belle jeune femme, venaient de se présenter devant leur chef.

– Souverain Universel, nous te saluons ! lancèrent-ils avec respect.

Le khan leur répondit d'un hochement de tête, puis se tourna vers leur prisonnière :

– Qui avons-nous là ?

Kim fit un signe aux garçons ; les enfants se cachèrent à l'ombre d'une tente, tout en restant suffisamment près pour suivre la conversation.

– La belle Gurbelcin, la femme du prince tangoute…, susurra le khan, répondant lui-même à sa question. Celle que l'on surnomme « le lézard ».

Il se leva et examina la captive. Elle détourna le regard.

– C'est vrai, tu as le corps fin et élégant d'un lézard. Un lézard bien solitaire désormais… Ton mari est mort ! lâcha l'empereur mongol sans ménagement.

Il attrapa Gurbelcin par le menton pour l'obliger à le regarder dans les yeux :

– Tu es fière, n'est-ce pas ? Les caractères comme le tien m'attirent. Je vais faire de toi l'une de mes épouses. Quel paradoxe : la femme de feu le chef des Tangoutes à mes côtés !

Kim étouffa un gémissement.

– Qu'en penses-tu ? lança Gengis Khan devant l'absence de réaction de la belle Tangoute.

Pour toute réponse, Gurbelcin cracha aux

pieds du conquérant. Un murmure d'indignation s'éleva de l'assistance ; tous s'attendaient à ce que le khan sorte son cimeterre et la tue. Il n'en fit rien.

– Cette nuit, je briserai ta résistance, annonça-t-il à voix basse. Tu m'appartiendras, comme ton peuple désormais... Du moins, ce qu'il en reste !

Il éclata d'un rire gras, puis ordonna que l'on installe provisoirement la jeune femme dans la yourte voisine et qu'on la tienne sous étroite surveillance.

– Tout ça est très intéressant..., murmura Léo.

– Qu'est-ce que tu veux dire par là ? demanda Kim.

Léo pointa le doigt vers la tente où l'on venait d'enfermer Gurbelcin :

– Il faut qu'on garde un œil là-dessus, vous ne croyez pas ?

Les deux autres acquiescèrent.

Pendant les heures qui suivirent, les trois amis apportèrent des boissons et servirent des plats aux convives. Ils en profitèrent pour se remplir l'estomac en cachette ; Kija, qui ne les quittait pas d'un pouce, eut sa part elle aussi.

– Ils pourraient aller se coucher, quand même ! grogna Kim juste avant minuit.

Elle bâilla et s'exclama :

– Ils sont tous ivres !

Léo désigna du menton le cercle de fidèles entourant Gengis Khan :

– Exact ! Même les sentinelles sont à moitié saoules !

Quelques minutes plus tard, le khan, titubant légèrement, quitta sa place au coin du feu.

– À présent, qu'on me laisse en tête à tête avec ce beau lézard ! ordonna-t-il.

Ces mots réveillèrent l'attention des enfants. Ils virent les soldats aller chercher Gurbelcin et la forcer à pénétrer dans la yourte du chef suprême. Puis ce dernier entra à son tour et ferma la porte.

– Qu'est-ce qu'on fait maintenant ? chuchota Julien.

– On va dormir ? proposa Kim.

– Pas question ! protesta Léo.

Julien le fixa, les yeux ronds :

– Je ne comprends pas. Tu ne comptes tout de même pas aller leur souhaiter bonne nuit !

– Bien sûr que non ! souffla Léo, agacé. Mais, si on part se coucher, on va tout rater. On peut essayer de jeter un œil à l'intérieur de la tente…

Kim et Julien étaient sceptiques ; ils se laissèrent néanmoins convaincre d'inspecter les parois de feutre pour essayer de trouver une ouverture leur permettant d'épier la scène. Ils se faufilèrent à l'insu des gardes du corps qui somnolaient devant l'entrée et examinèrent la toile épaisse.

– Nous sommes trop loin des torches, il fait noir comme dans un four ici ! se plaignit Julien. Tout ça ne nous avance à rien.

– Attends ! dit Léo.

Kija émit alors un faible miaulement. Léo se pencha vers elle, plein d'espoir :

– Qu'y a-t-il ? Tu veux nous montrer quelque chose ?

La chatte lui donna une petite bourrade avec sa truffe, comme pour l'inviter à la suivre, puis s'éloigna.

LE LÉZARD

– Pas si vite ! supplia Léo à voix basse.

Les enfants contournèrent la demeure du khan et retrouvèrent Kija de l'autre côté. Là, à la lumière de la lune, ils aperçurent une déchirure dans la toile de feutre de la yourte.

Léo émit un petit sifflement admiratif :

– Bien vu, Kija !

Il lui caressa la tête et colla son œil contre la fente.

– Tu vois quelque chose ? demanda Kim, impatiente.

– Pas vraiment, le trou est trop étroit. Je vais essayer de l'agrandir un peu...

– Attention ! le mit en garde Julien. Un soldat peut arriver d'un instant à l'autre...

– T'inquiète ! Ils dorment tous à poings fermés ! s'exclama Léo.

Il élargit l'accroc en faisant le moins de bruit possible jusqu'à ce qu'il soit suffisamment grand pour qu'ils puissent tous trois observer la scène.

Au milieu de la pièce, un grand poêle paraissait diffuser une chaleur agréable. À côté trônait un immense lit recouvert d'une multitude de coussins. Le khan leur tournait le dos. En écartant les bras, il demanda à Gurbelcin d'un ton moqueur :

— Comment trouves-tu le domaine du vainqueur ?

La jeune femme fit un pas vers lui. L'hostilité avait disparu de son visage ; elle regardait le souverain avec ferveur, et un doux sourire flottait sur ses lèvres :

— Chaque recoin est imprégné de ta puissance infinie, mon maître, et je me réjouis que tu me fasses une place à tes côtés !

— Vraiment ? répondit le khan, ravi. Voilà un autre son de cloche que celui de tout à l'heure !

— C'est vrai, reconnut la captive. Je m'étais laissé emporter par la colère, mais à présent elle s'est évanouie.

— Que l'éternel Tangri soit loué ! Comme ces mots sont agréables à entendre !

Gengis Khan tourna légèrement la tête, et les enfants s'aperçurent qu'un sourire chaleureux illuminait ses traits. Détendu et de bonne humeur, il se sentait en confiance. Gurbelcin s'approcha un peu plus.

Kim plissa le front. Quelque chose clochait :

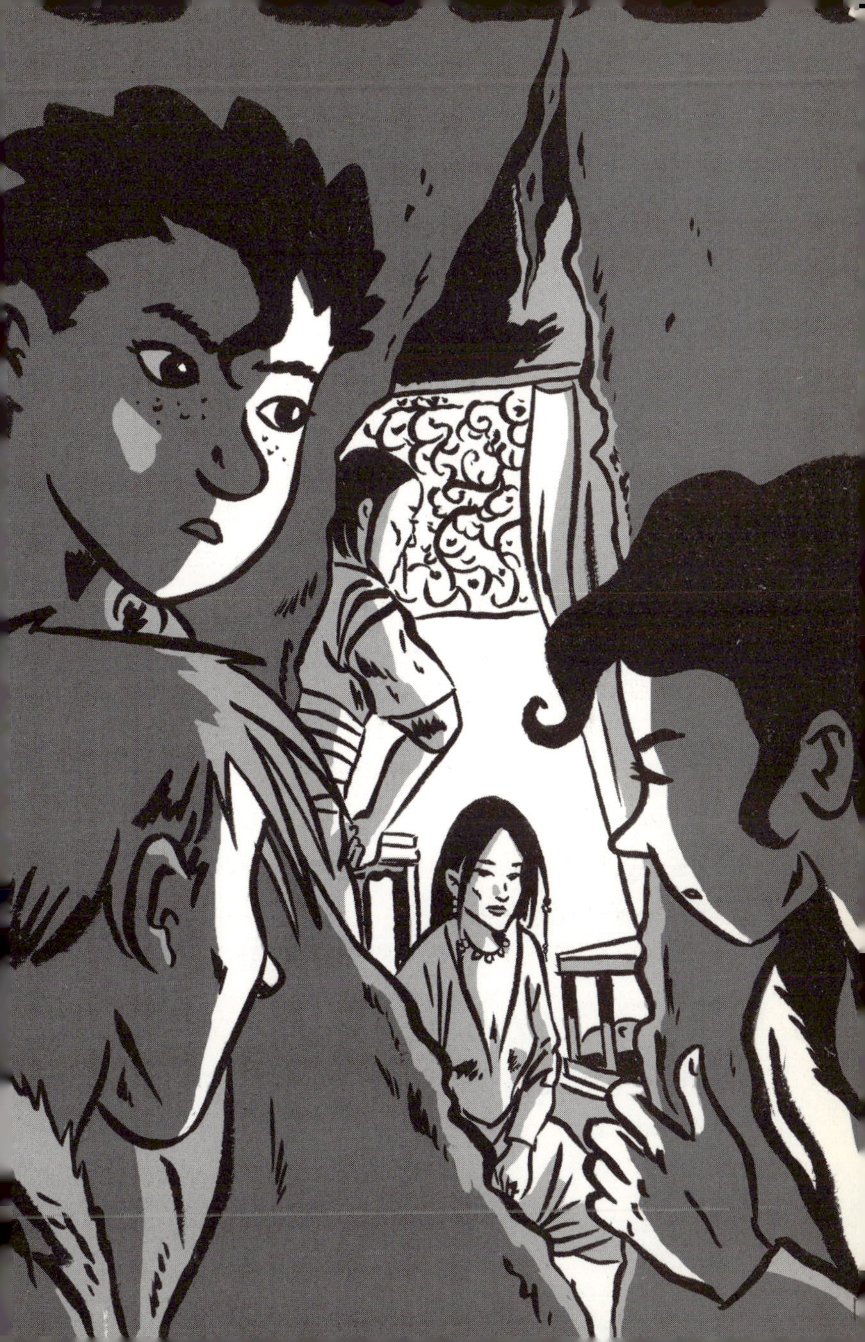

que pouvait bien manigancer la belle Tangoute ?

– J'ai soif…, lança cette dernière.

Une carafe d'arkhi et de précieux verres chinois étaient posés sur une table de chevet. Alors que le khan s'apprêtait à la servir, elle s'écria :

– Oh non ! Ce n'est pas un travail de souverain !

D'un air taquin, elle tapota du bout des doigts la poitrine du khan, qui se laissa tomber sur le lit, bras ouverts, en l'enveloppant d'un regard bienveillant.

– Un instant, mon maître, j'arrive ! souffla-t-elle.

Elle se pencha sur la cruche et remplit deux verres en prenant soin de dissimuler ses gestes. Puis elle se retourna :

– À ta santé, mon Souverain Universel !

6. La vengeance

Gengis Khan se redressa, prit le verre et trinqua avec sa séduisante conquête :
– À la tienne !
Il but une gorgée et posa le gobelet.
Gurbelcin le contemplait en souriant. Soudain, alors qu'il s'apprêtait à l'enlacer, le khan se figea.
– Que se passe-t-il, souverain bien-aimé ? fit-elle d'un air innocent.
Le chef des Mongols ouvrit la bouche, mais aucun son n'en sortit. Les yeux exorbités, il voulut s'agripper à la jeune femme, qui, d'un mouvement gracieux, s'écarta. Le khan tomba à genoux en se tenant le ventre et en gémissant.

— Incroyable ! Elle vient de l'empoisonner ! s'exclama Julien. Vite, il faut faire quelque chose !

— Tu vas connaître toi aussi le goût de la mort ! souffla Gurbelcin. Cette mort que tu as infligée à des milliers de mes compatriotes, et à mon époux bien-aimé… L'heure de la vengeance a sonné, misérable !

Le conquérant s'écroula, face contre terre, et ne bougea plus. La belle Tangoute se dirigea vers la porte et appela à l'aide.

Julien était prêt à bondir.

— Reste ici ! lui ordonna Léo.

Deux sentinelles, apparemment dégrisées, firent irruption dans la yourte.

— C'est le khan…, hurla Gurbelcin. Il s'est évanoui. Allez chercher le chamane, vite !

Les gardes échangèrent un regard abasourdi, puis ils se précipitèrent à l'extérieur en criant le nom de Qutula. Gurbelcin en profita pour quitter les lieux et se fondre dans la nuit.

— Venez ! lança Léo à ses amis.

Lorsque les enfants pénétrèrent dans la tente, des officiers de haut rang avaient déjà rejoint leur chef. Au milieu de la panique générale, les jeunes gens passèrent inaperçus. On avait installé Gengis Khan sur des coussins. Son visage était blême, mais il paraissait détendu, comme en paix. Des soldats désemparés l'entouraient ; certains priaient en silence. Tout à coup, le chamane fit son entrée.

— Dégagez ! rugit-il à la ronde.

Les trois amis le laissèrent passer.

Le sorcier s'accroupit près du khan, prit son pouls et posa la main sur son front. Il murmura un mot incompréhensible, et le répéta en boucle à une cadence qui devint vite infernale. Sa voix était de plus en plus stridente, et bientôt ce furent des hurlements de colère et de désespoir qui sortirent de sa gorge.

L'assistance recula, impressionnée. Soudain, Qutula s'effondra sur le sol. Pendant d'interminables minutes, son corps fut secoué de violents soubresauts ; puis il se releva, jetant des coups d'œil furibonds autour de lui. Ceux qui croisaient son regard baissaient la tête, de peur d'être foudroyés. Enfin, il annonça ce que tous redoutaient :

— Notre Souverain Universel est mort !

7. Le chamane

Le lendemain matin, Dobun ordonna aux enfants de reprendre le ramassage du fumier.

— Elle l'a tué ! s'écria Kim. On doit mettre Qutula au courant de ce qu'on a vu.

— Dans ce cas, on avoue aussi avoir espionné Gengis Khan, fit remarquer Julien.

— Exact ! approuva Léo. Et qui sait à quoi on sera condamnés pour une faute pareille !

Julien frissonna :

— Déjà que marcher sur le seuil d'une tente est puni par la peine de mort…

Kim se rangea à leur avis :

— D'accord. Après tout, on a déjà résolu une

partie de l'énigme : le khan est mort d'empoisonnement.

Léo posa sa corbeille et fixa ses amis :

– Je soupçonne Qutula de le savoir depuis le début ; je suis sûr qu'il connaît aussi le nom du coupable. Je me demande comment…

– Ah, vous êtes là ! l'interrompit Tscha, tout excitée. Je vous cherchais partout ! Venez vite, Qutula va faire une annonce très importante.

Une foule nombreuse s'était rassemblée devant la yourte du chamane. Les visages des soldats reflétaient une infinie tristesse.

– Notre gour khan nous a quittés, commença le sorcier. Les dieux ont souhaité le rappeler à eux. Vous vous souvenez de la blessure qu'il reçut il y a plusieurs lunes ? Je l'avais moi-même soignée et bandée. Notre maître a chevauché, combattu et vaincu à nos côtés. Hélas, la victoire n'était pas sa seule compagne : la douleur était là, elle aussi. Notre khan tenait bon et n'en laissait rien paraître, mais le mal était grand, et c'est lui qui a eu le dernier mot… C'est lui qui a causé son départ pour l'au-delà.

Qutula fit une pause.

— Pourquoi ne parle-t-il pas de Gurbelcin ? souffla Léo en prenant soin que Tscha ne l'entende pas.

— Logique ! chuchota Kim. Il préfère que tous ignorent les raisons peu glorieuses de son décès. Assassiné par une femme rusée, ça ne colle pas vraiment avec l'image du guerrier invincible !

Léo acquiesça en silence. *L'histoire secrète* retranscrivait la version du chamane et n'était donc pas exacte sur ce point...

— Il vaut mieux que personne n'apprenne que nous connaissons la vérité, reprit Kim. Ça pourrait nous coûter très cher !

Les trois enfants étant du même avis, ils décidèrent de garder le secret.

— La nuit dernière, j'ai demandé aux dieux ce que nous devions faire à présent, continua le chamane. Voici leur réponse : l'armée sera sous l'autorité de Djebe ; elle aura pour mission d'anéantir les dernières hordes tangoutes... Avance, Djebe !

Un jeune guerrier à la stature imposante sortit de l'attroupement et se plaça au côté du sorcier.

— Quel pouvoir, ce Qutula ! commenta

Julien. Même les officiers les plus haut gradés lui obéissent !

Tscha confirma :

– Qutula a toujours eu beaucoup d'autorité sur les soldats, c'est encore plus vrai maintenant que le khan n'est plus là !

Le chamane poursuivit d'un ton solennel :

– Djebe, veux-tu accomplir les dernières volontés de ton empereur et combattre les Tangoutes ? Acceptes-tu cette responsabilité ?

Le jeune homme acquiesça d'un hochement de tête.

– Parfait, approuva le sorcier. Les dieux m'ont également confié une tâche, que je partagerai avec quelques-uns d'entre vous. Je dois m'occuper du retour de la dépouille du khan sur sa terre natale. Nous l'emmènerons sur le mont Burqan Qaldun, où elle sera ensevelie. Là, et seulement là, son esprit pourra protéger sa tribu et son peuple. Deux mille soldats et huit cents serviteurs nous accompagneront. Qui veut être du voyage ?

De nombreux volontaires se manifestèrent immédiatement.

– Allons-y, souffla Léo à ses amis. C'est le seul moyen de savoir où se trouve sa tombe !

Sans attendre, il leva la main. Qutula lui fit un signe indiquant que le petit groupe d'amis était pris.

– Qu'avez-vous fait ? Vous êtes fous ! hurla aussitôt Tscha d'une voix désespérée. Vous ne savez donc pas que…

Elle ne put continuer : un homme posa la main sur sa bouche et l'entraîna au loin.

– Qu'est-ce que ça veut dire ? cria Kim.

Elle s'élança pour venir en aide à son amie, mais des bras musclés l'immobilisèrent.

– Toi, tu restes ici, ordonna le chamane.

Son visage s'assombrit :

– Tu accompagneras notre souverain jusqu'à sa dernière demeure. Personne ne peut revenir en arrière…

Un frisson parcourut le dos de la jeune aventurière : elle avait tout à coup la certitude d'avoir commis une épouvantable erreur.

8. L'or de Gengis Khan

On scinda les troupes en deux. Djebe donna l'ordre de lever le camp sans perdre un instant. Très vite, les yourtes furent démontées, et les chevaux sellés. Dès l'après-midi, de puissants guerriers cheminaient vers le sud pour affronter les Tangoutes ; Tscha et Dobun les accompagnaient.

Dans le même temps, le chamane organisa le départ du cortège funèbre. Les trois amis furent chargés de la yourte de Qutula. Ils détachèrent les cordes en poil de chameau retenant les tougurgas, plièrent ces dernières, retirèrent les poteaux servant de support au toit et le treillis des murs, et installèrent le tout sur les bêtes de somme. Julien avait pris grand soin de ne pas poser le pied sur le bosuga; avec d'infinies précautions, il le démonta et l'installa sur le dos du chameau qui le transporterait.

« Comment va Tscha ? » se demandait Kim pendant qu'elle travaillait aux côtés de Julien.

— Je n'ai même pas pu lui dire au revoir…, se désola-t-elle.

Julien essuya son front couvert de sueur :

— Moi non plus ! Et maintenant c'est trop tard.

— Quel dommage… Pourquoi ne voulait-elle pas qu'on se joigne au convoi mortuaire ?

Le garçon haussa les épaules :

— Aucune idée… Peut-être qu'elle a réagi avec autant de violence parce qu'elle avait peur de perdre ses amis…

Kim laissa tomber son chargement devant un chameau, qui lui lança un regard hostile.

— Hélas, c'est exactement ce qui s'est passé. Nous ne la reverrons plus jamais, soupira-t-elle avec tristesse. Et Gurbelcin ? Qu'est-elle devenue ?

— Disparue… Comme évanouie dans la steppe….

Julien sentit tout à coup quelque chose à ses pieds ; il baissa les yeux :

– Kija !

La chatte frotta son museau contre la jambe du garçon ravi. Kim et lui s'assirent dans l'herbe et jouèrent avec la jolie bête. Mais celle-ci était distraite et semblait nerveuse.

– Il y a un truc bizarre…, murmura la jeune aventurière.

Julien, surpris, redressa la tête.

– Je ne peux pas expliquer ce que c'est, continua-t-elle. Mais je suis sûre que Kija ressent la même chose.

– Tu as peur ?

– Peur ? Non, je n'ai pas peur… Je me sens mal à l'aise, plutôt.

De longues minutes de silence s'écoulèrent.

– Allez, remettons-nous au travail, suggéra enfin Julien en se levant.

Le khan avait été installé sur un lit ; son buste était soutenu par des coussins, et son visage, dirigé vers le nord. Il était coiffé d'un casque et portait une cuirasse sur sa fine chemise en soie chinoise. Un arc et des flèches étaient disposés à côté de sa main. Bientôt, le convoi entamerait sa longue marche vers la montagne sacrée.

Le chariot sur lequel reposait le lit était immense : ses roues avaient la taille d'un homme. Il transportait la dépouille, mais aussi les trésors du conquérant mongol.

Les trois amis aidaient les nombreux serviteurs à charger les coffres remplis d'or et de pierres précieuses. Ils étaient sous l'étroite surveillance de soldats, le plus vigilant de tous étant Qutula.

Julien hissa en gémissant une caisse sur le char mortuaire.

Soudain, une bourrasque saupoudra la steppe de minuscules grains de sable. Le baldaquin blanc dressé au-dessus de la couche impériale ondula comme une voile. Le garçon eut alors l'impression que le souverain avait bougé. Il s'obligea à vérifier : le corps ne remuait-il pas légèrement ?

« Non, ce n'est pas possible, se raisonna-t-il. Gengis Khan est mort. »

Pourtant, Julien claquait des dents, et pas uniquement à cause du vent glacial. Tout à coup, quelqu'un lui tapota l'épaule. Son cœur fit un bond dans sa poitrine ; il sursauta :

– Tu es bien sensible ! lança Kim avec ironie.

Léo, derrière elle, souriait aussi.

– Très drôle ! soupira Julien, agacé.

Kim changea de sujet :

– Regardez ce qu'on est en train d'apporter !

Sous le regard attentif de Qutula, un domestique, tenant le sabre dans les mains, s'approcha et déposa l'arme du souverain sur le chariot avec précaution. Immédiatement, le sorcier le renvoya chercher un autre objet.

– Ce type veut garder la situation sous contrôle, marmonna Kim. Vous ne trouvez pas qu'il en fait un peu trop ?

Léo tirait sur le lobe de son oreille, comme à chaque fois qu'il réfléchissait :

– Qutula semble nerveux… Il a l'air de vouloir accélérer le mouvement. Mais pourquoi ?

Ses amis ne savaient que répondre. Ils se remirent au travail. Kim avait une boule dans l'estomac : le comportement de Kija et de

Qutula accentuait son malaise. La chatte, les oreilles rabattues, ne la quittait plus, signe qu'elle avait peur.

Le chamane, quant à lui, était de plus en plus agité. Il interpellait violemment les soldats et les serviteurs, cherchant à tout diriger.

« Il garde le trésor comme si c'était son propre bien ! songea Kim. Il craint qu'on ne le LUI dérobe ! »

– Hé, toi ! Que fais-tu plantée là, sans rien faire ? l'apostropha Qutula.

« Décidément, rien ne lui échappe ! » pensa-t-elle.

Elle partit aider un petit groupe qui démontait une yourte, Kija sur ses talons. Alors que, courbée, elle attachait ensemble plusieurs piquets du toit, la chatte poussa un miaulement faible mais pressant. Surprise, Kim leva la tête : Kija avait les yeux fixés sur Qutula.

Le chamane était appuyé contre un chariot. Tout à coup, il regarda derrière lui, à droite, puis à gauche, et plongea la main dans un coffre. Quelque chose scintilla entre ses doigts et disparut aussitôt sous son manteau.

L'opération n'avait duré que quelques secondes : le geste de quelqu'un qui était manifestement habitué à ce genre de larcin.

Kim en resta bouche bée. Ce n'était pas possible : le puissant chamane... un vulgaire petit voleur ?

Elle faillit donner l'alerte. Seulement, ça aurait été sa parole contre celle du sorcier... Qui croirait les accusations d'une simple esclave ? Elle se glissa derrière Qutula et rejoignit Léo et Julien.

– Ne parlons à personne de ce que tu as vu, fit Julien, une fois le récit du vol terminé. Rappelez-vous que notre but est de localiser la tombe de Gengis Khan. Si on se met cet individu à dos, on ne saura jamais où elle se trouve.

– Dans ce cas, nous couvrons un malfaiteur ! protesta la jeune fille.

Léo fit la grimace :

– Juste pour un temps. On le dénoncera quand on aura la réponse à notre question.

– D'accord, céda Kim. Mais on ne le lâche plus d'une semelle !

– Évidemment ! s'exclamèrent les garçons. Il faut se méfier ; on ne sait pas quel tour il a encore dans son sac !

9. La marche funèbre

Vers midi, le temps changea : de petits cumulus pommelés se regroupèrent dans l'immensité bleue. Au fil des heures, ils grossirent, s'amoncelèrent et se transformèrent en d'inquiétants amas nuageux. D'abord blancs, ils devinrent gris, puis noirs, tandis que l'atmosphère se rafraîchissait sous l'effet des bourrasques.

La voix de Qutula retentit à travers le campement à présent replié :

– Tout est prêt : En route !

La procession se mit en marche. Un bataillon d'archers avançait en tête, puis venait Qutula, protégé par quelques hommes armés, promus depuis peu à sa garde personnelle. Derrière eux, la voiture transportant le corps de Gengis Khan cahotait sur le sol irrégulier de la steppe ; Kim, Julien, Léo et Kija cheminaient à côté. En queue de convoi se trouvait le reste des serviteurs. Des soldats assuraient la sécurité du cortège.

— Combien de temps faudra-t-il pour atteindre la montagne sacrée ? se demanda Léo à voix haute.

– Une éternité ! gémit Julien. Si je me souviens bien de la carte, le mont Burqan Qaldun est situé au nord de la Mongolie. Là, on est très au sud. On n'est pas près d'arriver !

Kim éclata de rire :

– Courage, les garçons ! Rappelez-vous que chaque pas nous rapproche de notre but. Vous rendez-vous compte ? Nous serons les seuls à savoir où se trouve la tombe de Gengis Khan !

– C'est vrai, ça motive ! reconnut Julien.

Il se sentait déjà un peu mieux.

– De la motivation, on en aura besoin..., murmura Léo. Regardez le ciel !

Une énorme mer de nuages s'était constituée au-dessus de leurs têtes ; elle grignotait peu à peu les derniers îlots bleus. Le vent recouvrait le paysage monotone d'un fin voile de sable et de poussière.

Soudain, la température chuta, et un grondement résonna : l'orage était imminent. Les soldats et les serviteurs rabattirent leurs coiffes sur leurs visages ; on vérifia si le dais sous lequel se tenait le khan était bien fixé.

Un premier éclair déchira le ciel, rendant les chevaux nerveux. Certains hommes réclamèrent que l'on monte le bivouac afin de s'abriter du mauvais temps. Qutula n'en tint pas compte et pressa ses troupes. Une nouvelle zébrure aveugla les enfants, puis un puissant coup de tonnerre fit trembler le sol ; enfin, la pluie arriva. De grosses gouttes frappaient la terre aride de la steppe, faisant gicler la boue. On avait l'impression que la nuit tombait à toute vitesse. Les éclairs se succédaient, illuminant le paysage durant de brefs instants. Les cavaliers avaient toutes les peines du monde à maîtriser leurs montures.

Les trois amis avançaient, serrés les uns contre les autres. Kija avait trouvé refuge sous la veste de Kim; seul son museau pointait à l'extérieur.

« Pourquoi Qutula ne veut-il pas que nous installions le camp ? s'interrogeait Julien. Nous allons tous tomber malades ! »

Le froid et l'humidité commençaient à transpercer ses vêtements. Disparue, la confiance que les mots d'encouragement de Kim avaient fait naître en lui ! Il pensait avec nostalgie à sa petite chambre confortable. Hélas, Siebenhann était loin ! Il n'avait pas le choix : il devait marcher sur cette terre inhospitalière, aux côtés d'un cadavre, sous les ordres d'un sorcier fou commandant des guerriers armés jusqu'aux dents…

– Dommage qu'on ne puisse pas rentrer, lâcha Léo comme s'il avait lu dans les pensées de son ami.

Surpris, Julien se tourna vers lui :
— Tu veux dire... à la maison ?
Léo, la tête dans les épaules, soupira :
— On n'a aucune chance de retrouver seuls le chemin de la grotte de notre arrivée. En plus, ils ne nous laisseront pas partir !
— Sûrement pas ! approuva Julien d'une voix sourde.

Soudain, la cadence ralentit, et il faillit percuter l'homme qui marchait devant lui.
— Que se passe-t-il ? demanda Kim.
— Aucune idée ! répondit le garçon en reniflant.

Il jeta un coup d'œil perplexe à Léo, qui était en train de regarder derrière lui. Pas de soldats en vue... Le garçon sortit du rang et gravit une petite butte pour observer le site. Un fleuve coulait juste devant eux. Les intempéries l'avaient transformé en une mer en furie, et il n'y avait pas de pont à proximité.

Léo rejoignit ses amis et leur fit part de sa découverte.
— C'est le Huang-He, le Fleuve Jaune, expliqua un compagnon de route, qui avait surpris

la conversation. Son courant est imprévisible…

– Qutula va enfin être obligé de faire une halte, supposa Julien, rempli d'espoir.

Hélas, le chamane n'y pensait même pas. Il décréta que l'on suivrait le Huang-He pour trouver un endroit moins profond permettant de le traverser. Le chemin n'étant plus qu'un torrent de boue, la progression devenait difficile. Le chariot du khan s'enlisait sans cesse, et les hommes s'arrachaient la peau des mains en le traînant à l'aide de grosses cordes. Kim, Julien et Léo avaient faim, soif, et leurs muscles étaient en feu.

Pas de pause, pas d'aide, et pas de retour possible ; seulement les cris de Qutula, ce chariot pesant des tonnes, et la pluie qui détrempait tout…

Leurs pieds ne cessaient de déraper sur le sol spongieux. À bout de forces, Léo glissa et tomba dans la boue gelée. Lui, toujours si brave, se releva les larmes aux yeux. Ses amis l'entourèrent, tentèrent de le réchauffer ; Kija frotta son museau contre sa jambe. Mais un nouvel éclat de voix les sépara.

Le déluge continuait de plus belle, le vent sifflait avec violence.

Ils avançaient, poussés par les hurlements hystériques du chamane, qui dominaient le courroux des éléments et contre lesquels personne n'osait protester.

Tout à coup, une roue du char mortuaire s'encastra dans un trou et se brisa. Le lourd véhicule s'inclina dangereusement, et le corps du conquérant faillit tomber. Les serviteurs, affolés, s'empressèrent de stabiliser l'attelage. Qutula s'approcha et admit enfin qu'ils ne pouvaient pas aller plus loin aujourd'hui. Il ordonna avec colère que l'on installe un camp de fortune.

– Dès que l'Éternel Tangri sera calmé, nous effectuerons la réparation et reprendrons la route ! cria-t-il d'un ton strident.

Les enfants, les doigts gourds, aidèrent un petit groupe de soldats à dresser une tente.

Le bivouac fut prêt en début de soirée. Les trois amis, complètement épuisés, se réjouissaient d'être enfin au sec. Ils étaient blottis devant le *tulga*, un poêle alimenté par du fumier, lorsqu'une voix familière résonna dans leur dos :

– Hep ! Par ici !

Ils se retournèrent et virent la frêle silhouette de Tscha surgir de derrière un chariot.

– Qu'est-ce... Que fais-tu ici ? bredouilla Kim, stupéfaite.

Sans répondre, la jeune Mongole leur fit signe de la rejoindre. Ils se cachèrent à l'arrière d'une charrette. Les vêtements de la petite étaient trempés ; en claquant des dents, elle raconta :

– Je me suis enfuie de l'armée... C'était facile, personne ne faisait attention à moi !

Kim posa la main sur l'épaule de son amie :

– Que c'est bon de te revoir !

Dans les yeux de Tscha on pouvait lire une grande inquiétude.

– Il faut que je vous mette en garde..., souffla-t-elle entre ses lèvres bleuies par le froid.

– Contre Qutula ?

Elle approuva. Des gouttes roulaient le long

de ses cheveux collés à ses joues. Fixant le sol, elle reprit :

— Vous êtes en danger !

Kim, Julien et Léo échangèrent un regard étonné :

— Quoi ?

Elle hocha la tête :

— Ceux qui accompagnent le khan dans son ultime voyage sont condamnés. C'est la loi.

Ils déglutirent ; les mots cheminaient lentement dans leur esprit.

— Dès que le souverain sera enseveli, les soldats tueront les serviteurs, puis ils se donneront la mort. Qutula se suicidera ensuite.

Julien, incrédule, balbutia :

— Tout... tout le monde doit mourir ? Mais pourquoi ?

— Personne n'a le droit de savoir où se trouve la dernière demeure de notre souverain... À cause des pilleurs de tombe, expliqua Tscha. Même ceux qui croiseront par hasard le convoi funèbre seront exécutés.

Julien, le souffle court, s'adossa à la charrette. Il se sentait vaincu par l'épuisement.

Comme il aurait aimé se laisser glisser dans la gadoue pour s'endormir et échapper définitivement à ce cauchemar !

— Pourquoi es-tu revenue ? demanda Kim. Maintenant, ta vie aussi est menacée !

La petite Mongole fixa l'horizon gris :

— Je ne pouvais pas vous laisser courir à votre perte sans vous prévenir ! Vous êtes mes amis… Les seules personnes qu'il me reste sur terre.

Kim la serra fort dans ses bras.

— Tout de même, tu n'aurais pas dû…, lâcha-t-elle.

— Peut-être…, soupira Tscha.

Soudain, Léo se ressaisit.

— Ça suffit ! lança-t-il avec détermination. On dirait un enterrement ! Tant qu'on n'est pas morts, il nous reste une chance…

10. La fuite

– Tu veux fuir? demanda Julien. N'oublie pas les sentinelles postées autour du campement!

– Je sais, répliqua Léo. Mais on n'a pas grand-chose à perdre! Allons-y…

Julien secoua la tête:

– Non, c'est trop dangereux… Il vaut mieux promettre à Qutula qu'on ne trahira pas le secret de la tombe de Gengis Khan.

– Ça ne marchera jamais, affirma Tscha. Votre serment ne le convaincra pas; vous serez exécutés sur-le-champ. Il ne connaît pas la pitié! Sa mission est trop importante pour qu'il daigne se pencher sur le sort de pauvres petits esclaves comme vous...

Ces mots parvinrent à décider Julien. Il se tourna vers son ami :

— Tu as une idée précise ?

Léo hocha la tête :

— Regardez, là-bas !

Il désignait un hongre attaché à une grande yourte.

— Il appartient à Qutula, je crois, fit Kim.

— Exact, approuva Léo calmement. Personne ne le surveille....

Baissant la voix, il leur confia les détails de son plan.

Quelques minutes plus tard, il rampait vers l'animal, avec dans sa main droite un couteau que lui avait donné Tscha. Ses amis, restés près du chariot, faisaient le guet. En cas de danger, ils siffleraient.

Léo se rapprochait du cheval. Ses vêtements mouillés pesaient une tonne ; cependant il ne sentait plus le froid. S'il réussissait, ils pourraient échapper aux hommes de Qutula. Le garçon savait que ses chances étaient minces, mais ça valait la peine d'essayer.

Soudain, le sol se mit à vibrer : un cavalier arrivait ! Au même instant, Léo entendit le signal d'alarme. Trop tard ! Il se recroquevilla dans les hautes herbes, se faisant le plus petit possible. Le cheval, lancé au grand galop, se dirigeait droit sur lui. Léo fit une prière muette : peut-être les divinités mongoles l'exauceraient-elles ? Les sabots résonnaient sur la terre mouillée. Tout à coup, le garçon eut l'impression qu'un train passait juste à côté de lui. Puis le martèlement s'atténua ; le cheval s'éloignait.

Léo poussa un soupir de soulagement. Il se mit à genoux et reprit sa progression. Son but atteint, il jeta un œil par-dessus la végétation : personne en vue. Des bribes de conversation à peine audibles lui parvenaient de la yourte à laquelle le hongre était attaché. Concentré sur sa tâche, Léo coupa d'un geste vif la corde qui retenait l'animal et lui donna une tape vigoureuse sur l'arrière-train. La monture du sorcier se cabra et partit au trot, ravie d'être libre. Léo fit signe à ses amis de le rejoindre et fonça frapper à la porte de Qutula. Une sentinelle apparut sur le seuil et le dévisagea, l'air bourru :

– Qu'est-ce que tu veux ?

– Le cheval de Qutula s'est échappé !

L'homme cria quelques mots à l'intérieur de la yourte ; immédiatement, le chamane surgit :

– Ramenez-moi cette bête tout de suite ! Ce n'est pas n'importe quel cheval !

– Avec plaisir, grand Qutula, fit Léo en s'inclinant. J'ai vu quelle direction il prenait. Mes amis et moi pouvons le rattraper si vous nous permettez de quitter le camp…

– Qu'est-ce que vous attendez ? aboya le sorcier.

Il se tourna vers les gardes :

– Et vous ? Partez à la recherche de mon cheval, au lieu de rester plantés là !

Julien voulut s'enfuir aussitôt, mais Tscha l'arrêta :

– Tu comptes le rattraper à pied ?

Elle éclata de rire et détacha une monture qui broutait à côté. En un éclair, elle se mit en selle.

– Je… je ne suis jamais monté sur un truc pareil…, avoua Julien, désemparé.

– Ça alors, c'est incroyable ! s'étonna Tscha. Allez, ce n'est pas grave, viens !

Elle aida le garçon à se hisser sur la croupe de l'animal.

– Heureusement que j'ai fait un peu d'équitation ! se félicita Kim.

Elle installa Kija dans sa veste et sauta sur un autre destrier. Léo grimpa derrière elle en grommelant :

– Ça ne faisait pas partie de mon plan ! Je voulais qu'on profite de la panique générale pour courir loin d'ici. Par pitié, ne…

Il n'eut pas le temps de finir sa phrase : Tscha était déjà loin.

– Je ne le sens pas, ce coup-là, geignait Julien, agrippé à elle.

Il avait toutes les peines du monde à se maintenir en selle.

Devançant les gardes, les enfants sortirent du campement. Ils suivirent d'abord le chemin em-prunté par le cheval de Qutula, puis, après avoir franchi une colline, Tscha prit la direction du sud.

– Ton plan est vraiment bon, dit-elle à Léo.

Seulement, je crains que nous n'avancions pas assez vite.

— C'est bien assez rapide pour moi ! répliqua Julien. J'ai mal partout !

— Où nous emmènes-tu ? demanda Léo à Tscha. Est-ce la direction de la terre natale de Gengis Khan ?

La jeune Mongole acquiesça, puis elle jeta un coup d'œil en arrière.

— Oh, non ! s'exclama-t-elle. On nous suit ! Ils se sont aperçus qu'on avait filé !

Au même instant, comme pour confirmer ses craintes, une flèche la frôla en sifflant.

Le visage enfoui dans la crinière du cheval, elle planta les talons dans son flanc pour le faire accélérer. En vain : leurs poursuivants se rapprochaient de plus en plus.

— Ils nous rattrapent ! hurla Kim. Il faut se cacher !

— De l'autre côté ! cria Julien. Filons vers le petit bois !

Tscha s'élança dans la direction indiquée. Une centaine de mètres plus loin, cachée par les premiers arbres de la forêt, elle mit pied à terre, aida Julien, abasourdi, à descendre et donna une tape à son coursier, qui s'enfuit aussitôt. Kim et Léo firent de même.

Les enfants se dissimulèrent dans les fourrés. Une seconde plus tard, les cavaliers, lancés à leurs trousses, passèrent juste à côté d'eux...

Léo complimenta Tscha :

— Ton plan n'était pas mal non plus !

— C'est sûr ! approuva Julien en massant son postérieur endolori. Mais nous avons perdu notre moyen de locomotion ! Comment allons-nous nous déplacer ?

— Trouvons d'abord une cachette, suggéra Kim. Les soldats pourraient revenir et découvrir notre supercherie.

Ils cherchèrent un refuge qui les protégerait de la pluie. Ils finirent par ramper sous un buisson touffu ; le sol y était sec, et un toit de feuilles les abritait des intempéries.

– Qu'est-ce qu'on fait maintenant ? voulut savoir Julien.

– On dort…, murmura Léo. On verra demain. L'important, c'est d'être en sécurité.

Il posa la tête sur son avant-bras et ferma les yeux. Bercé par le bruit de la pluie, il s'assoupit. L'instant d'après, tous étaient plongés dans un profond sommeil.

11. Ikh Khoring : le grand tabou

Le lendemain, Kija réveilla les enfants dès l'aube. Elle allait de l'un à l'autre en miaulant et en frottant son museau froid contre leur visage jusqu'à ce que tous aient ouvert les yeux.

Léo s'étira et s'exclama :

– Bon sang, j'ai une de ces faims !

Après une nuit passée dans ses vêtements humides, il se sentait sale et courbatu.

Il jeta un coup d'œil prudent à l'extérieur et constata avec soulagement qu'il avait cessé de pleuvoir.

Kim posa la main sur son estomac :

– Moi aussi, j'ai faim ! Il y a quoi, au petit déj', ce matin ? Des croissants ? Des céréales ?

Des tartines au miel ? Des oranges pressées ?

Julien roula les yeux :

– Ce serait le rêve ! Seulement, les croissants ne poussent pas sur les arbres ! Et puis, il faut qu'on trouve un plan pour la suite, on ne peut pas rester ici éternellement…

S'ensuivit une discussion animée, chacun cherchant une solution.

– Restons à proximité du cortège funèbre, proposa Kim.

– Pourquoi ? Je croyais que vous étiez soulagés d'avoir échappé à Qutula et à ses hommes ! s'étonna Tscha.

– Oui, bien sûr, mais on veut savoir où le khan va être enterré et…

Aussitôt, Julien et Léo foudroyèrent Kim du regard. Elle s'arrêta de parler, se mordit la lèvre et baissa la tête, honteuse d'avoir, une fois encore, raté une bonne occasion de se taire…

Léo vint à sa rescousse :

– On a surpris Qutula en train de voler dans le trésor de Gengis Khan…

– Quoi ? Ce n'est pas possible ! l'interrompit Tscha, stupéfaite.

– Si ! Et on ne voudrait pas qu'il recommence, continua le garçon. Qui sait ce qu'il manigance encore ? C'est pour ça qu'on doit rester à proximité du convoi.

– Jamais je n'aurais cru Qutula capable d'agir ainsi ! s'indigna Tscha. Il n'y a pas de plus grand crime que de s'attaquer aux biens du souverain. Avez-vous des preuves ?

– Hélas, non, souffla Kim, toujours penaude. Je l'ai vu faire de mes propres yeux, mais, s'il conteste la vérité, ce sera ma parole contre la sienne...

– Personne ne te croira, c'est sûr, dit Tscha. Maintenant, je comprends pourquoi vous voulez suivre la caravane...

Elle soupira :

– Gengis Khan a détruit mon peuple ; alors, tant pis si Qutula s'en prend à son trésor... Seulement, ça m'ennuie de vous laisser partir sans moi. Je vous accompagne !

– Si Qutula s'aperçoit qu'on le suit, il nous tuera, fit remarquer Julien.

Kim lui promit la plus grande prudence, et le garçon céda en bougonnant. L'idée de cheminer à proximité du cortège funèbre ne le réjouissait pas. Toutefois, il avait très envie, lui aussi, de découvrir où serait enseveli Gengis Khan, et pour cela il fallait garder Qutula et ses soldats à l'œil.

— Bon, voilà une chose réglée, déclara Kim en mâchonnant un brin d'herbe. J'ai trop faim ! Si je ne me mets pas tout de suite quelque chose sous la dent, je vais brouter comme un mouton !

Tscha disparut dans les fourrés et revint avec une petite provision de racines, de champignons et de mousses.

— On ne peut pas manger des trucs pareils ! protesta Julien en faisant la grimace.

Tscha émit un petit rire moqueur.

— Si ça ne te plaît pas, tu peux toujours essayer de trouver mieux ! lui lança-t-elle en fourrant un champignon dans sa bouche.

Une demi-heure plus tard, les enfants, un peu moins affamés, observaient depuis le sommet d'une colline les hommes de Qutula qui s'apprêtaient à quitter le campement.

Bientôt, la procession se mit en marche.

Elle cheminait lentement sur le sol encore détrempé, et les jeunes n'eurent aucun mal à la suivre de loin.

Le chamane, qui se tenait juste à côté du chariot funèbre, faisait claquer ses ordres comme des coups de fouet. Le convoi longea le Huang-He sur un ou deux kilomètres. Le fleuve ne s'était pas apaisé ; comme la veille, il bouillonnait furieusement, et il n'y avait toujours aucun passage pour le traverser. Bientôt, il se mit à pleuviner. La petite bruine se transforma vite en déluge et, de nouveau, les véhicules s'embourbèrent : au bout de quelques minutes, ils étaient bloqués.

– Que va faire Qutula ? se demanda Kim à haute voix.

Kija avait repris sa place sous la veste de la jeune fille ; seuls pointaient à l'extérieur son museau, ses grands yeux verts et ses petites oreilles.

Soudain, le chamane grimpa sur la voiture funèbre. Tous se regroupèrent autour de lui.

– Approchons-nous, il va parler ! lança Léo en bondissant en direction du cortège.

Alors que ses amis le suivaient, Kija sauta hors de son abri, rattrapa le garçon et, la queue dressée comme une chandelle, prit la tête des opérations. Elle conduisit les enfants vers un énorme bloc de pierre, tout près du sorcier, derrière lequel ils pouvaient se cacher. La voix de Qutula arriva jusqu'à eux :

— … Je vous le dis, ceci est un signe divin ! Maintenant, Ô grand Köke Möngke Tangri, Éternel Ciel Bleu, à nous de l'interpréter correctement !

Il fit une pause et jeta un regard sombre à la foule qui l'entourait.

— Que devons-nous faire ? cria quelqu'un. Toi seul as le pouvoir de discuter avec les dieux !

Les yeux du chamane se perdirent dans l'horizon ; son visage aux joues creuses affichait la souffrance, comme si un poids énorme pesait sur ses épaules.

— Parle, Qutula ! implora l'un de ses serviteurs. Est-ce l'esprit du khan qui se manifeste ? Notre Souverain Universel nous envoie-t-il la pluie pour nous empêcher de continuer ?

Un soldat enchaîna :

— Le khan a-t-il décidé de s'arrêter là ? Veut-il être enterré ici ? Est-ce cela, son message ?

Qutula eut un geste de colère ; des flammes dansaient au fond de ses prunelles.

— Silence ! ordonna-t-il. Je vais me retirer sur la colline et m'entretenir avec les dieux. Je vous indiquerai ce qu'ils attendent de nous. Laissez-moi seul, à présent !

La foule recula respectueusement. Qutula sauta à terre. On lui apporta son tambour, et il se mit en route, frôlant le rocher derrière lequel les enfants retenaient leur souffle. Absorbé par la récitation de ses prières, le sorcier ne les vit pas.

Les trois amis échangèrent un regard. Méfiant, Julien déclara :

— J'aimerais bien savoir de quel genre de conversation divine il s'agit ! C'est encore une supercherie, j'en suis sûr !

— Oh non ! protesta Tscha. Qutula dialogue vraiment avec les esprits, il nous l'a souvent prouvé !

Julien préféra ne pas répondre.

— Qu'est-ce qu'on fait ? demanda Kim. On ne va tout de même pas prendre racine ! Suivons-le discrètement…

Les enfants laissèrent une distance d'environ cinquante mètres entre eux et le chamane, qui marchait sur la colline. Ils redoutaient de le perdre de vue, car les arbres le dissimulaient. Heureusement, les traces des pas de Qutula sur le sol spongieux leur permirent de repérer sa route.

Le sorcier se hissa enfin sur une butte rocheuse. Sa haute silhouette filiforme, enveloppée d'un long manteau, ressemblait à un étrange oiseau noir aux ailes déployées.

« On dirait l'ange de la mort », songea Julien, mal à l'aise.

Les enfants se cachèrent à proximité du mage, qui enleva son manteau et sa chemise. La pluie froide fouettait sa peau nue. Il tendit les mains vers le ciel et se mit à chanter, reprenant sans cesse la même phrase. Très vite, la mélopée se transforma en mugissements sauvages, puis en hurlements hystériques. Son buste se balançait d'avant en arrière à un rythme de plus en plus soutenu. Enfin, il se lacéra la poitrine de ses ongles, et du sang se mêla aux gouttes de pluie qui ruisselaient sur son corps. Tout à coup, il tomba à genoux, les bras ballants. Ses cris cessèrent. Seul le bruit de l'averse brisait maintenant le silence.

Qutula resta immobile plusieurs minutes, puis se redressa brusquement, comme s'il venait de se réveiller. Il se rhabilla et regagna ses troupes, sans remarquer les quatre espions qui se faufilaient derrière lui.

IKH KHORING : LE GRAND TABOU

Dès que Qutula s'approcha du chariot où gisait le cadavre impérial, la foule se pressa autour de lui.

Les enfants, qui avaient retrouvé leur poste d'observation derrière le rocher, purent eux aussi entendre son discours.

— J'ai parlé avec les dieux, commença le chamane d'un ton las.

Tous étaient suspendus à ses lèvres.

— D'abord, je n'ai pas compris ce qu'ils voulaient, poursuivit-il. Je peux vous assurer qu'il y avait beaucoup de monde au côté de la grande Etugen-eke ! Mais soudain une voix a couvert les autres. Ce n'était pas la voix de n'importe qui...

Qutula s'interrompit, et un lourd silence s'abattit sur la troupe. Le sorcier dévisagea chacune des personnes qui l'entouraient.

— Oh non ! Pas de n'importe qui... Puisque c'était celle de notre khan !

Un murmure parcourut l'assistance.

— Oui ! hurla le sorcier. L'esprit de notre gour khan bien-aimé s'est adressé à moi ! Et savez-vous ce qu'il m'a dit ?

Qutula ménageait son effet, laissant la tension s'emparer de ses hommes.

– Parle, Qutula, par pitié !

– Ce déluge n'est pas un hasard. Le fait que le Huang-He est en crue et nous empêche de traverser n'en est pas un non plus !

Il secoua plusieurs fois la tête :

– C'est la manifestation de la toute-puissante volonté du Souverain Universel. À présent, je peux clairement l'interpréter : il veut être enterré avec ses trésors sur cette terre !

Les chuchotements reprirent de plus belle. Le chamane les fit cesser en levant la main :

– C'est donc ici que nous allons l'ensevelir, dans l'une des nombreuses grottes des environs. N'oublions pas qu'en plus de lui rendre les honneurs nous devrons prendre une multitude de mesures de sécurité afin que personne ne découvre jamais sa sépulture.

Tous opinèrent de la tête. Les enfants échangèrent un bref regard : ils touchaient au but de leur enquête !

Qutula reprit d'un ton froid et coupant :

IKH KHORING : LE GRAND TABOU

— *Ikh Khorig,* le grand tabou : ainsi s'appellera la dernière demeure du Conquérant Suprême. Celui qui verra ce lieu, ou aura connaissance de son emplacement, mourra. Personne ne sera épargné. Êtes-vous prêts ?

Les poings se dressèrent vers le ciel gris, et une puissante clameur s'éleva :

— Oui ! Nous sommes prêts !

— Si jamais un homme ou une femme croise par hasard notre chemin, nous l'abattrons aussi. Il aura ainsi l'honneur de servir le khan dans l'au-delà !

Julien colla son front contre la froide paroi rocheuse.

— Quelle folie ! murmura-t-il, bouleversé.

Qutula commença à donner des instructions : le khan devait être transporté sur un chariot plus petit et plus facile à manier dans les cavités souterraines. Les trésors seraient déplacés, eux aussi.

Une fois ces opérations achevées, la caravane reprit la route, bifurquant vers l'est. Elle chemina toute la journée, suivie par les enfants et la chatte.

La pluie cessa enfin ; un rayon de soleil réchauffa même les buttes herbeuses de la steppe pendant un moment. Le paysage changeait peu à peu : des montagnes aux sommets élevés remplacèrent bientôt les collines.

– On est dans une région calcaire, il y a des grottes partout ! s'exclama Léo.

– Vous savez quoi ? souffla Julien. J'ai l'impression d'être déjà venu par ici.

Kim, stupéfaite, le fixa :

– Tu veux dire qu'on…

– Exactement !

Julien parlait très bas, afin que Tscha ne l'entendît pas :

– Je parie qu'on est revenus dans la région d'Ordos, à l'endroit où l'on avait atterri au début de notre aventure !

– Tu as raison ! approuva Léo.

– Hé ! Qu'est-ce que vous complotez ? lança soudain la jeune Mongole.

Julien s'empressa de changer de sujet :

– Rien du tout ! Est-ce qu'il te reste un de ces délicieux champignons que j'ai goûtés ce matin ?

– Oui. Mais il faut penser à installer notre camp, il ne va pas tarder à faire nuit. Regardez, le cortège s'est arrêté !

Les trois amis constatèrent que les troupes de Qutula s'affairaient à dresser les yourtes.

– Je donnerais cher pour pouvoir me coucher sous une tente ! murmura Tscha.

Après quelques recherches, elle opta pour une cavité rocheuse abritée du vent.

– Venez ! leur cria-t-elle. Nous serons en sécurité ici !

Kim, Julien, Léo et Kija la rejoignirent. Elle partagea avec eux ses dernières provisions. Kija, à qui ce maigre repas ne semblait pas trop plaire, y jeta un coup d'œil méfiant, puis sauta derrière la roche.

Aussitôt, un couinement aigu attesta qu'elle avait déniché de quoi se remplir l'estomac.

– Kija a de la veine, soupira Kim avec un sourire épuisé. Elle trouve toujours de quoi manger !

– Je sens que d'ici peu je vais me mettre à chasser la souris, moi aussi ! plaisanta Léo, dont le ventre ne cessait de gargouiller.

— Le khan sera sûrement enterré demain, les interrompit Tscha. Si tout se passe bien et que le trésor est intact, notre mission sera terminée. Nous n'aurons plus besoin de nous cacher. Surtout, personne ne devra jamais apprendre que nous connaissons le lieu de cette tombe ! Notre vie en dépend…

Songeuse, elle poursuivit :

— Avec un peu de chance, on trouvera une yasoun qui acceptera de nous accueillir….

Kim observait le visage maigre de Tscha : elle avait les larmes aux yeux.

— Tu penses à ta famille ? avança la jeune fille avec prudence.

Elle se rapprocha et entoura de son bras les épaules de la petite Mongole. Cette dernière soupira :

— Ils sont probablement morts. Là-haut, l'Éternel Ciel Bleu les protège. Peut-être sont-ils enfin heureux…

Elle joignit les mains et murmura une prière.

Kim posa la tête sur la frêle épaule de son amie et la serra contre son cœur.

12. Un silence inquiétant

Le lendemain matin, un soleil éclatant colorait de teintes rosées les montagnes grises. Le silence y régnait en maître absolu. Julien se réveilla le premier.

« Ce calme est anormal…, pensa-t-il. On devrait entendre les cris de Qutula ou les hennissements des chevaux tout proches… »

Inquiet, il se leva pour jeter un coup d'œil sur le campement.

Son pressentiment était juste : il n'y avait plus personne. Il arpenta les lieux et scruta les alentours : déserts ! Disparus, Qutula, les serviteurs et les soldats, les voitures et les bêtes de somme ; disparu, le cadavre du khan. La caravane s'était évaporée. Comment était-ce possible ? Julien marmonna un juron et courut réveiller ses amis.

– Où sont-ils passés ? demanda Kim, encore endormie.

– Ils sont partis pendant qu'on roupillait ! s'énerva Léo. C'est incroyable qu'on n'ait rien entendu ! On devait dormir comme des souches ! Allons voir, il reste peut-être des empreintes par terre…

Les enfants se précipitèrent à l'endroit où le bivouac était installé la veille.

– Là ! s'écria Léo. Des traces de roues et de sabots !

Les enfants les suivirent sur près d'un kilomètre.

– Ça sent le brûlé, remarqua Tscha tout à coup.

Plus ils avançaient, plus l'odeur devenait forte. Au détour d'un rocher, ils découvrirent des restes calcinés.

– Ils ont mis le feu aux chariots…, s'étonna Kim. Qu'est-ce que ça signifie ?

– Je soupçonne Qutula d'avoir enterré

Gengis Khan cette nuit, avança la jeune Mongole.

Les enfants lui jetèrent un regard décontenancé :

– Quoi ? Ici ?

Tscha leur sourit avec indulgence :

– Que vous êtes naïfs ! Jamais un chamane ne serait assez imprudent pour creuser une tombe dans un lieu accessible à tous ! Ici, ils se sont contentés d'éliminer les chariots parce qu'ils n'en avaient plus besoin...

– Que veux-tu dire par là ? demanda Julien, qui redoutait d'entendre la réponse.

– Ils sont morts, souffla la fillette d'une voix sourde. Tous... Les serviteurs, les soldats, Qutula... Ils sont tous morts.

– C'est impossible ! s'exclama Julien.

Il ne pouvait imaginer un tel carnage.

– Qutula et ses hommes ont sûrement continué, ajouta-t-il.

– Mais, alors, pourquoi détruire les véhicules ?

– Parce que... Parce que...

Julien cherchait ses mots. Il se massa les tempes :

— Peut-être que certains étaient en mauvais état... Ils les ont brûlés et ont poursuivi leur route...

Seul le silence lui répondit. Le garçon comprit que ses hypothèses n'avaient pas convaincu ses amis. Il ne leur en voulut pas : lui-même sentait bien que cette théorie ne tenait pas debout.

Quelques instants plus tard, Tscha se mit à inspecter les abords du brasier. Tout à coup, elle se baissa :

— Venez voir !

Les trois amis accoururent. Léo se pencha, découvrant une flaque sombre sur le sol :

— C'est du sang ?

Tscha hocha la tête :

— Il y en a encore par ici, et là-bas aussi...

Cette piste macabre les mena à l'entrée d'une grotte.

— Quelle horreur ! s'écria Léo lorsque ses yeux se furent habitués à la pénombre.

Ils étaient entourés de cadavres de chevaux, de chameaux et de moutons.

– Et les hommes ? s'écria Kim. Où sont-ils ?

Cette fois encore, personne ne répondit. Un silence absolu régnait sur ce spectacle de désolation. Épouvantée, Kim tomba. Kija bondit jusqu'à elle et tenta de la réconforter en lui donnant de petites bourrades avec sa truffe. D'un geste machinal, la jeune aventurière la prit dans ses bras et se mit à la caresser. La chatte la fixa de ses grands yeux mystérieux en miaulant doucement.

– Un cauchemar…, murmura Kim. C'est un cauchemar…

Julien ne pouvait toujours pas se rendre à l'évidence :

– Ils ont tué les animaux, mais rien ne nous dit que les hommes sont tous morts et que le khan a été enterré ici…

Léo décida de réagir : inutile d'échafauder mille suppositions, il leur fallait du concret.

– Retournons aux chariots carbonisés, proposa-t-il. Il faut que nous essayions de voir si celui qui transportait le souverain est parmi eux.

– Oui, car, si Qutula l'a brûlé aussi, ce sera

la preuve que Gengis Khan a bien été enseveli cette nuit, compléta Kim.

Il n'y eut bientôt plus aucun doute. Au milieu des restes calcinés, les enfants trouvèrent une énorme roue qui avait appartenu au char mortuaire.

— C'est bien lui…, balbutia Kim.

Elle balaya le paysage du regard :

— Et nous ne savons toujours pas où se trouve la tombe de Gengis Khan…

— Probablement dans l'une de ces grottes, suggéra Julien.

La jeune fille éclata d'un rire nerveux :

— C'est sûr ! Mais laquelle ? Il y en a tant…

Le garçon haussa les épaules :

— À mon avis, Qutula ne nous a pas laissé de panneau indicateur ! Moi, ce qui m'intéresse avant tout, c'est de savoir ce que sont devenus les serviteurs et les soldats…

— Disparus sans laisser de trace…, constata Léo. On n'a aucun indice permettant de savoir s'ils sont décédés ou encore en vie…

Cela dit, il préférait ne pas avoir de certitude sur le sort du chamane et de ses fidèles.

— Ils sont morts, répéta Tscha. C'est la loi, et Qutula l'a…

— Bon sang, ça suffit ! rugit Léo en lui coupant la parole. On n'a aucune preuve !

Tscha sursauta. Vexée, elle murmura :

— C'est bon, je ne dis plus rien.

Le garçon lui tendit la main :

— Excuse-moi, je ne voulais pas m'énerver. Si on continue à imaginer ce qui s'est passé, on va devenir fous !

— Tu as raison, approuva Kim. Tenons-nous-en aux faits. Notre point de départ, c'est que le khan a été enterré dans ce coin. Cherchons sa tombe !

Julien, perplexe, se mordillait la lèvre :

— Oui… Seulement par où commencer ?

— Je ne sais pas, mais il faut au moins essayer…

Elle se rapprocha du garçon et lui glissa à l'oreille :

— C'est pour ça qu'on est venus ici, non ?

Julien hocha la tête. Tout à coup, Tscha se campa devant sa jeune amie et darda sur elle un regard brillant de colère :

— Pourquoi veux-tu troubler le repos éternel

du khan ? C'est interdit, et ça porte malheur !

Kim sourit timidement et tenta de l'apaiser :

– Ce n'est pas dans mes intentions. Mais imagine que Qutula ne soit pas mort. Il a peut-être profané la tombe du souverain et dérobé ses trésors. Tu ne crois pas qu'il faut qu'on vérifie par nous-mêmes ?

Tscha, tiraillée entre la peur et le désir de ne pas abandonner ses amis, enroulait et déroulait nerveusement une mèche de cheveux autour de son index.

– D'accord, décida-t-elle enfin. Je vous accompagne. Que les dieux me pardonnent !

– Super, soupira Kim avec soulagement. Par où penses-tu que nous devons commencer à chercher ?

Tscha, les yeux dans le vague, semblait hésiter.

Kija prit la décision à sa place. Elle qui, jusqu'à présent, était restée immobile, les oreilles dressées, se mit tout à coup en mouvement et se glissa le long d'une paroi rocheuse.

Les enfants la suivirent jusqu'à une faille dans la pierre assez grande pour qu'un homme puisse y passer.

– Vous… vous croyez qu'on doit s'engager là-dedans ? balbutia Julien.
– C'est clair ! répliqua Kim.
Au même instant, une voix qui ne leur était pas inconnue retentit derrière eux :
– Pas si vite !

13. De vieilles connaissances

— Quel plaisir de vous revoir !

Mangou, le marchand d'esclaves, se tenait à quelques mètres des enfants, le sourire aux lèvres. Près de lui, cinq hommes avaient bandé leurs arcs dans leur direction.

— Un bonheur que je ne pensais pas avoir de sitôt ! souffla-t-il entre ses dents. J'ai l'impression que nous sommes intéressés par la même chose, non ?

— Je ne crois pas, rétorqua Kim du tac au tac. Notre but à nous, ce n'est pas le pillage des biens d'autrui, et encore moins le commerce des êtres humains !

Le sourire disparut des lèvres de Mangou.

– Dois-je éliminer cette sale gosse ? fit l'un de ses acolytes.

– Non, je n'en ai pas fini avec elle, répondit Mangou en secouant la tête.

Il se retourna vers les jeunes gens :

– Comme moi, vous avez suivi le convoi funèbre. Comme moi, vous cherchez le trésor de la tombe impériale ! Par *Maniqan,* jamais je ne vous aurais crus capables d'agir ainsi !

Ils ne répondirent pas. Avec précaution, Kim fit un pas en arrière. Son dos se colla contre la fente du rocher. « Est-ce que je vais me faire transpercer par une flèche si je m'engouffre à l'intérieur ? » se demanda-t-elle.

Semblant lire dans ses pensées, Mangou lui ordonna :

– Reste où tu es ! Un seul mouvement, et tu es morte…

Kim lui fit signe qu'elle avait compris.

– Eh oui ! continua le sinistre individu. Comme moi, vous n'avez pas quitté la caravane des yeux, jusqu'à ce que Qutula ait la fâcheuse idée d'enterrer le khan de nuit, dans l'une de ces grottes. Là, j'avoue qu'un élément m'échappe encore. Vous avez un peu d'avance sur nous !

Les enfants échangèrent un regard perplexe : que voulait-il dire ?

— Ne jouez pas les innocents, reprit-il calmement. Vous faisiez partie des domestiques suivant le cortège mortuaire ; vous connaissez donc forcément l'endroit où le khan et tous ses trésors ont été ensevelis. Comment avez-vous pu échapper aux épées des soldats ? Cela reste un mystère !

— C'est faux ! s'insurgèrent les enfants.

Mangou éclata de rire :

— Vous ne pensez tout de même pas que je vais vous croire !

— Mais si, puisque nous disons la vérité ! protesta Kim.

L'homme fit un geste de dénégation :

— À d'autres ! Cela dit, ma petite, tu as un sacré caractère... Un peu dressée, tu pourrais devenir une compagne agréable !

Il réfléchit un instant :

— Oui, je me demande si je ne vais pas t'épouser, finalement...

– Jamais !

Mangou posa un doigt sur les lèvres de Kim :

– Tu changeras sûrement d'avis quand je serai riche !

Il nota le coup d'œil furieux de ses compagnons et se hâta de préciser :

– Je voulais dire : quand NOUS serons riches ! Amenez les esclaves pour qu'ils montent les tentes. Lorsque le camp sera prêt, ces jeunes héros se feront un plaisir de nous conduire à la tombe.

Deux de ses complices disparurent. De longues minutes s'écoulèrent. Julien en profita pour observer le paysage, composé de nombreuses cavités rocheuses. Soudain, l'une d'elles attira son attention ; c'était la grotte par laquelle Tempus les avait faits arriver à l'époque de Gengis Khan. Il ne risquait pas d'en oublier l'accès : un grand trou ovale orné de deux « dents », comme avait remarqué Kim.

Il s'apprêtait à mettre ses amis au courant lorsque les acolytes de Mangou revinrent. Ils n'étaient pas seuls : une dizaine de guerriers encadraient des bêtes de somme, ainsi que deux adultes et deux enfants. Parmi le petit groupe d'esclaves, Julien reconnut Alach, le prisonnier qu'ils avaient rencontré au début de leur aventure. Un cri retentit soudain dans son dos :

– Père !

Tscha sauta dans les bras d'Alach. La jeune femme et les petits se joignirent à eux et l'enlacèrent. Kim, Julien et Léo en restèrent bouche bée.

— Tscha croyait que sa famille avait été tuée…, murmura Léo, bouleversé. Et les voilà réunis !

Même les gardes n'osaient pas les séparer. Gênés, ils s'étaient légèrement écartés, sans savoir où poser les yeux.

— Je suis si content pour elle ! souffla Julien, ému. Qui aurait pu imaginer un tel dénouement ?

Kim hocha la tête. Dans ses bras, Kija ronronnait de plaisir. La jeune fille leva les yeux vers le ciel. « Si ce tout-puissant Köke Möngke Tangri existe, pensa-t-elle, il va certainement prendre soin d'eux à présent, et faire en sorte qu'ils ne soient plus jamais séparés. »

— Assez de comédie ! s'écria Mangou.

Il fit quelques pas et arracha Tscha des bras de ses parents.

— Laisse-la tranquille, vieille charogne ! s'écria Kim.

Le marchand d'esclaves émit un petit sifflement ironique :

— Quel caractère, vraiment !

— Tu vas voir de près à quoi ressemble mon

caractère ! rugit la jeune fille, prête à se jeter sur lui.

Léo l'arrêta *in extremis*.

– Calme-toi, fit-il à voix basse. Ça ne sert à rien de s'énerver, si ce n'est à rendre les choses plus difficiles. Il faut garder notre sang-froid.

– D'accord, lâcha Kim à contrecœur. Je vais me contrôler... Mais, avec ce type, c'est sacrément dur !

Le marchand d'esclaves s'adressa à ses troupes :

– Passons aux choses sérieuses : nos amis vont nous indiquer où se trouve la tombe de Gengis Khan.

– Nous n'en savons rien ! répéta Kim.

Mangou lui lança un coup d'œil moqueur :

– Tu es aussi têtue que mon chameau favori, ma parole !

Kim roula les yeux :

– Je rêve ! Il me compare à un chameau !

– Oui, ma jolie, mais pas à n'importe lequel... à mon préféré ! ricana-t-il, se délectant de la mine renfrognée de Kim. Enfin, peu importe ! J'espère que tes amis seront plus loquaces que toi.

D'un geste souple, il sortit un sabre de son fourreau :

– Dans le cas contraire, je me verrais dans l'obligation de vous expédier tout près des dieux...

Il fit tournoyer l'arme au-dessus de sa tête :
– C'est clair ?

Il les fixa l'un après l'autre d'un regard qui leur fit froid dans le dos. Quand vint le tour de Julien, celui-ci s'avança d'un pas.

– Très bien, on va te conduire à la sépulture, annonça-t-il.

On aurait dit, à l'entendre, qu'il n'y avait rien de plus simple. Ses amis le dévisagèrent d'un air interrogateur, mais il les ignora.

Julien avait un plan.

14. Dans la galerie souterraine

— Enfin, en voilà un qui a les pieds sur terre ! se réjouit Mangou. Ne perdons pas de temps. Passe devant, mon jeune ami !

Il donna à Julien une petite tape d'encouragement. Celui-ci s'enfonça dans la galerie la plus proche. Son cœur battait à tout rompre. Derrière lui marchaient Léo et Kim, dont la veste, une fois encore, servait de refuge à Kija. À leur suite, Mangou et ses hommes, ainsi que Tscha et sa famille, s'engagèrent tour à tour dans l'étroit passage.

— Au nom du ciel, qu'est-ce que tu as en tête ? chuchota Kim.

— C'est très simple : j'espère les semer dans ce dédale de couloirs. La grotte qui nous ramènera à la maison n'est pas très loin. Je l'ai vue tout à l'heure.

— C'est vrai ? s'exclama Léo.

— Chut ! souffla Julien. Oui, je l'ai trouvée. Souvenez-vous : elle faisait partie d'un vrai labyrinthe de passages souterrains.

Kim sourit :

— On va filer à l'anglaise. Quel plan génial !

— Hé ! Pas si vite ! hurla le marchand d'esclaves, qui peinait à les rattraper.

Les enfants obéirent en soupirant.

— À partir de maintenant, je vous interdis de vous éloigner ! rugit-il lorsqu'il parvint à les rejoindre.

Il demanda à ses acolytes d'allumer des flambeaux. Les flammes éclairèrent le souterrain d'une lueur jaunâtre.

— Plus loin, il y a un conduit qui s'enfonce dans la montagne, continua Mangou. Est-ce par là que l'on accède à la tombe ?

Nerveux, Julien bredouilla :

— Oui, je… je crois.

Le sinistre individu l'attrapa par l'épaule et le fusilla des yeux :

– Je me fiche de ce que tu crois ! Ce qui m'intéresse, c'est ce dont tu es sûr !

Le sang se glaça dans les veines de Julien.

– Oui, c'est bien le chemin qui conduit à la sépulture, répondit-il en priant pour que la galerie ne soit pas un cul-de-sac.

Mangou lui donna une torche :

– En route !

Ils avancèrent. Les pensées de Julien se bousculaient dans sa tête. Il fallait absolument distancer Mangou. Peut-être trouveraient-ils un couloir adjacent où se dissimuler ?

Le souterrain sentait la terre humide et le moisi. À mesure qu'il descendait au cœur de la roche, il devenait de plus en plus étroit ; des gouttes d'eau s'écoulaient le long des parois. Le groupe progressait en file indienne.

« Il doit bien y avoir une bifurcation quelque part ! songeait Julien, fébrile. Ou un trou sombre où nous pourrons nous cacher. »

Hélas, devant lui, il n'y avait qu'un seul et unique boyau, noir comme de l'encre.

« Ce couloir ne mène probablement nulle part, songea le garçon en frissonnant. Nous allons avoir un sacré problème... »

Tout à coup, quelque chose atterrit sur son épaule. Machinalement, il y posa la main et sentit une masse velue se tortiller sous ses doigts. Il poussa un cri d'horreur et jeta au loin la bestiole, qui s'enfuit dans un coin.

— Tu as trouvé la tombe ? se réjouit Mangou, obnubilé par sa quête.

— Ah non ! haleta Julien, le souffle court.

— Qu'est-ce que c'était ? demanda Kim, qui le suivait de près.

— Une... une araignée géante, ou un truc du même genre, balbutia le garçon.

— Sympa ! soupira la jeune fille. Allez, avançons !

Ils s'enfonçaient de plus en plus profondément dans la montagne. Après un énième virage, ils entendirent un bruit d'eau.

— C'est sans doute une rivière souterraine, supposa Julien.

Soudain, la lueur de son flambeau lui permit de distinguer une sorte de patte d'oie. Les battements de son cœur s'accélérèrent : ils pourraient peut-être enfin fausser compagnie au marchand d'esclaves !

Julien fit un signe discret à ses amis ; ils lui répondirent d'un hochement de tête. Le visage de Kim s'assombrit, une pensée venait de lui traverser l'esprit :

— Que va devenir Tscha ? murmura-t-elle.

— On s'occupera d'elle plus tard, répondit Julien à voix basse.

Ils avaient atteint l'intersection ; le garçon donna le signal :

— Maintenant !

Avant de s'élancer, il jeta sa torche sur Mangou, qui, surpris, recula d'un pas. Kim et Léo se mirent à courir eux aussi.

— Stop ! Stop ! Arrêtez-vous ! s'égosillait le marchand d'esclaves.

Tout à coup, quelque chose siffla au-dessus de la tête de Léo et percuta la roche de plein fouet. « Une flèche ! » constata le garçon avec effroi. Elle l'avait manqué d'un cheveu…

— Baissez-vous ! cria-t-il à ses amis en se jetant au sol.

Kim et Léo l'imitèrent.

— Plus un geste, ou vous êtes morts ! hurla Mangou.

Les enfants s'immobilisèrent, et les acolytes de Mangou les empoignèrent.

— Ôtez-vous de la tête l'idée de garder le trésor pour vous ! gronda le sinistre individu. Il n'en est pas question ! Jamais, vous entendez ? Jamais vous ne réussirez à me duper ! Ceci est mon dernier avertissement !

« C'est fini, pensa Julien. Mon plan a échoué. Nous sommes perdus ! Quelle sera la réaction de Mangou lorsqu'il réalisera que nous ne savons pas où se trouve la tombe de Gengis Khan ? »

Sa réflexion fut interrompue par Kija. La chatte poussa un miaulement aigu et se mit à sauter nerveusement de droite à gauche.

— Qu'est-ce qu'il lui arrive, à cette bête ? lâcha le marchand d'esclaves avec mépris.

Près de la chatte, quelque chose brillait sur le sol. Julien se pencha :

— Une pièce d'or !

Il la ramassa et la brandit triomphalement.

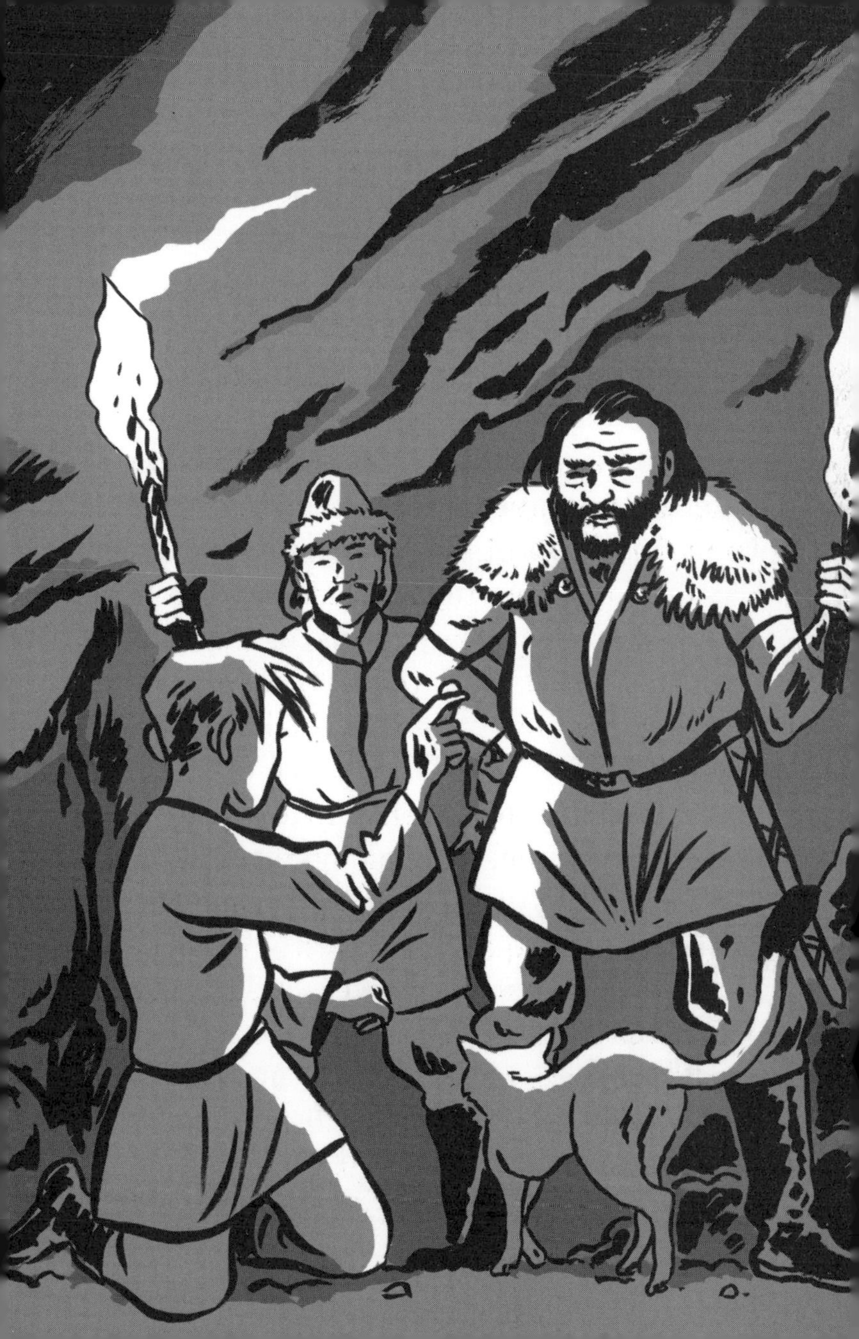

– Nous sommes sur la bonne voie ! cria-t-il.

– Tu as de la chance…, grinça Mangou en lui arrachant son trophée des mains.

Ce n'était plus la colère que l'on pouvait lire sur son visage, mais une immense soif de richesses.

– Continuons ! ordonna-t-il.

Julien inspira profondément. Kija prit la tête du groupe, le sinistre personnage sur ses pas. Quelques secondes plus tard, ils débouchèrent dans une vaste grotte. Mangou leva son flambeau afin de l'éclairer et, saisi d'effroi, recula d'un pas, manquant d'écraser les pieds des enfants, qui se tenaient derrière lui.

Au milieu de la salle, le cadavre du khan, installé sur un trône, semblait attendre les intrus. Devant lui, sur des tapis, étaient disposés des coffres, des pots, des vêtements et des armes.

Les enfants remarquèrent tout de suite qu'il manquait son sabre. Les corps des serviteurs qui avaient accompagné leur empereur dans son dernier voyage étaient alignés contre les parois du fond.

Lorsqu'elle entra à son tour, Tscha, effrayée, se serra contre ses parents.

— La tombe..., s'extasia Mangou, ému un court instant par la solennité des lieux. Nous l'avons trouvée...

— Oui, murmura Tscha. Nous avons troublé le repos du gour khan. Il ne nous le pardonnera pas. Ses ongons le vengeront...

— Tais-toi ! rugit le marchand d'esclaves.

Il fit quelques pas en direction du trône, s'immobilisa, hésita un instant, et se mit à explorer sans scrupules le contenu de la première caisse, puis de la seconde et enfin de la troisième.

— Vides ! tonna-t-il. Il n'y a plus rien là-dedans ! Quelqu'un est déjà passé par là. Le trésor s'est envolé !

Kim ne put retenir un petit sourire ironique. Mais elle reprit vite son sérieux : l'individu, hors de lui, fonçait sur elle et ses amis.

— Qui a fait ça ? Ne serait-ce pas vous, par hasard ? hurlait-il.

Les enfants secouèrent la tête avec effroi.

Tremblant de colère, Mangou reprit l'inspection des coffres.

Discrètement, Julien regarda derrière lui : et s'ils essayaient de fuir pendant que Mangou était occupé à fouiller la grotte ? Hélas, ses acolytes, eux, surveillaient toujours les enfants. « Non, décida le garçon, c'est trop risqué. »

Quelque chose sur le sol attira son attention. Il crut d'abord qu'il s'agissait d'un ver, mais en se penchant il s'aperçut que c'était une ficelle. On aurait dit une mèche, comme celles qui permettent d'allumer les feux d'artifice. Ses poils se hérissèrent.

La gorge nouée, il remonta le long du fil. À l'une de ses deux extrémités, dans un recoin sombre de la chambre mortuaire, était attaché un paquet... L'autre bout se trouvait quelque part dans la galerie. Même s'il ne pouvait l'identifier catégoriquement, Julien avait un mauvais pressentiment : cet objet bizarre ressemblait à de l'explosif !

Ils devaient sortir de là, sans perdre une minute !

15. Le feu volant

– C'est un piège ! annonça Julien d'une voix posée. Il faut évacuer les lieux.
– Quoi ? Qu'est-ce que tu racontes ? aboya Mangou.

Le garçon, très calme, pointa le doigt en direction du sol :
– Regarde toi-même…

Le marchand d'esclaves se précipita sur le paquet et la mèche :
– Par le grand Köke Möngke Tangri, une embuscade… Tout va exploser ! Mais celui qui a préparé ce piège a commis une erreur : il m'a sous-estimé !

Julien et ses amis frémirent en entendant

Mangou donner l'ordre de suivre la ficelle le long de la galerie.

— Elle nous conduira jusqu'aux pilleurs de tombe ! fit-il avec un rire gras. Ensuite, on réglera nos comptes ! À partir de maintenant, silence absolu. Nous allons les prendre par surprise.

Il avançait en tête, son flambeau près du sol pour éclairer le cordon. Il veillait à ne pas trop s'en approcher, pour ne pas risquer d'y mettre le feu. Léo, Julien, Kim et Kija le suivaient ; ensuite venaient Tscha et sa famille ; ses hommes de main fermaient le cortège.

En silence, le dos courbé et l'oreille attentive au moindre bruit, ils progressaient dans le boyau, que seule éclairait la torche de Mangou.

Au bout d'un quart d'heure environ, sur un geste de Mangou, ils s'immobilisèrent. Devant eux, une vive clarté inondait la galerie : ils avaient atteint la sortie. Le marchand d'esclaves leur intima l'ordre d'attendre. Il s'avança de quelques mètres sur la pointe des pieds et disparut derrière une avancée rocheuse.

Il réapparut peu de temps après et, en dégainant son sabre, leur décrivit ce qu'il avait vu :

– Nous sommes au bout du souterrain. La mèche continue à l'air libre. Je n'ai vu personne. Sortons.

Il enjoignit à ses acolytes de préparer leurs armes.

« Pourvu que tout se passe bien, se dit Julien. Qu'est-ce qui nous attend ? Un combat ? Ce sera peut-être l'occasion de fuir… »

En sortant du tunnel, les enfants furent aveuglés par la lumière du jour. Une fois leurs yeux habitués à la clarté, ils reconnurent le paysage familier de la steppe mongole : des montagnes bordées d'étendues herbeuses et vallonnées qui s'étiraient jusqu'à l'horizon.

– La ficelle va jusqu'à ce bloc de pierre là-bas, expliqua Mangou.

Son regard fouillait les rochers environnants, derrière lesquels pouvait se cacher l'ennemi. Puis il se dirigea vers l'endroit où disparaissait la mèche. À peine l'avait-il atteint qu'une voix retentit :

– Ne bouge plus, ou tu es un homme mort !

Des dizaines d'archers jaillirent de derrière

les roches, leurs arcs pointés sur Mangou et le petit groupe.

— Ce n'est pas possible ! lâcha Kim

— Eh si, cette fois, on est fichus, se lamenta Léo.

— Non, ce n'est pas ce que je voulais dire. Regardez qui est là-bas, à droite…, bégaya-t-elle.

Face à eux, se tenait Qutula, le chamane, le cimeterre du khan entre les mains.

— Jetez vos armes ! commanda-t-il.

Ni Mangou ni ses hommes ne réagirent. Le marchand d'esclaves fixait le sorcier comme s'il était victime d'une hallucination. Une flèche qui se planta dans le sol, à quelques centimètres de sa botte, sembla lui redonner vie : il lâcha son sabre, vite imité par ses acolytes.

Qutula s'approcha des enfants, à l'entrée de la grotte :

— Comme on se retrouve ! Vous avez désobéi à mes ordres ! Votre mission était d'accompagner le khan dans l'au-delà ! Nous allons remédier à cet outrage ; Gengis Khan serait très contrarié de devoir renoncer à votre présence à ses côtés !

Kim le considéra avec mépris :

— Et toi ? Quelle était ta mission ? Voler les trésors de ton souverain ?

— Prends garde à toi ! la menaça Qutula en levant son arme.

— La petite a raison ! intervint Mangou. La tombe a été pillée, et c'est toi, le voleur !

— Quel hypocrite tu es ! rétorqua le sorcier. Ne voulais-tu pas la même chose, toi aussi ? Tu n'es pas meilleur que moi. La seule différence entre nous, c'est que je suis passé le premier !

Il glissa quelques mots à l'oreille de l'un de ses guerriers, qui hocha la tête et disparut.

— Je n'ai jamais eu l'intention de ramener l'empereur sur sa terre natale, reprit-il. Le risque aurait été bien trop grand, et je ne parle pas du coût d'un tel voyage ! Et puis quel gaspillage, de l'ensevelir avec son trésor ! Tout cet or, toutes ces magnifiques pierres précieuses perdus à jamais…

Il baissa les yeux sur le sabre du khan :

— Cette pièce unique a été fabriquée par un

maître forgeron et consacrée par un chamane. Fallait-il la laisser rouiller dans une sépulture humide ?

Son regard interrogateur balaya l'assistance, avant qu'il ne réponde à sa question :

– Bien sûr que non ! Quel stupide gâchis cela aurait été ! Cette arme doit rester entre les mains d'une personne digne de s'en servir...

– Bien entendu, cet être exceptionnel, c'est toi ! souffla Kim, heureusement trop bas pour qu'il puisse l'entendre.

Le complice de Qutula réapparut à cet instant, conduisant plusieurs chameaux chargés de sacs et de caisses. Ils s'arrêtèrent à l'entrée de la galerie.

Le chamane esquissa une révérence :

– Inclinez-vous, s'il vous plaît, devant les trésors de Gengis Khan !

Les enfants remarquèrent que Mangou serrait les poings.

– Le mauvais temps a été mon allié, continua Qutula. Cette pluie torrentielle nous a arrêtés, et j'ai décidé d'en profiter. J'ai fait semblant de contacter les esprits, puis j'ai annoncé que le khan voulait reposer ici, dans la région d'Ordos. Nous nous sommes pliés à la volonté des dieux, et le conquérant a été inhumé pendant la nuit. Conformément aux lois, ses domestiques et ses soldats l'ont suivi dans la mort. La majorité d'entre eux a été enterrée dans une autre grotte. Toutefois, j'ai fait en sorte que tous ne meurent pas : mes plus fidèles guerriers et moi-même sommes restés en vie. Nous n'avons plus, à présent, qu'à effacer toute trace pouvant conduire à la sépulture.

– Grâce à la mèche…, devina Julien.

– Exactement, approuva le sorcier. Nous allons utiliser le feu volant pour faire exploser le tombeau. Il sera définitivement inviolable et, surtout, personne ne saura jamais que j'ai subtilisé les richesses qu'il renfermait !

– L'Éternel Tangri te punira d'avoir commis un tel crime ! cria Tscha, furieuse.

Qutula rejeta la tête en arrière et éclata d'un rire retentissant :

– Qui pourrait bien me demander de rendre des comptes ? Qui d'autre que moi a les pleins pouvoirs ? C'est moi qui commande, c'est moi qui juge ! Maintenant, assez discuté : nous allons finir de dérouler la mèche et allumer le dispositif !

Julien poussa un soupir de soulagement. Enfin une bonne nouvelle : ils allaient pouvoir sortir de cette maudite grotte.

— Stop ! Restez à l'intérieur ! commanda le chamane.

Julien devint tout pâle : c'était une condamnation à mort ! Qutula alluma des flambeaux et les distribua à trois de ses hommes.

— Emmenez-les au fond ! ordonna-t-il. Il faut que Mangou et ses amis soient près de leur khan lorsque le feu volant déchaînera toute sa force !

Il ponctua ces mots d'un rire hystérique.

Les compagnons de Qutula poussèrent le marchand d'esclaves et ses hommes dans la galerie avec brutalité ; puis ce fut le tour de Tscha, de ses parents et, finalement, des trois amis.

Depuis le couloir, les jeunes gens observaient avec angoisse le chamane qui, à l'entrée du souterrain, donnait l'ordre de mettre ses hommes et ses bêtes à l'abri.

– Il faut sortir d'ici ! chuchota Kim. Et, d'abord, où est Kija ?

La chatte s'était éclipsée. Tout à coup, les enfants la virent se jeter sur l'un des chameaux qui portaient les trésors du khan. Mordu à la patte, l'animal grogna et s'enfuit au galop.

– Rattrapez-le ! hurla le chamane en s'élançant à sa poursuite.

– Qui garde les prisonniers ? lui demanda un de ses guerriers.

Le sorcier s'arrêta net. Mangou profita de cet instant d'hésitation pour se ruer sur l'un des individus portant un flambeau. Il le mit à terre d'un coup de poing et attrapa la torche. Ses complices se précipitèrent sur les hommes de Qutula. Ils n'avaient plus rien à perdre ; la bagarre allait être acharnée. Mangou réussit à s'emparer d'un sabre, et il fonça sur Qutula en brandissant le flambeau de l'autre main.

– Faites-vous tout petits, les garçons ! lança Kim en se faufilant vers la sortie au milieu des combattants.

Tscha et sa famille les suivirent, tandis que l'affrontement redoublait de violence : les fers s'entrechoquaient, les cris perçants des blessés s'élevaient dans la semi-obscurité de la grotte.

– Attendez ! Je veux savoir comment ça va se terminer ! cria Léo.

Les yeux dans les yeux, Qutula et Mangou semblaient danser autour d'un cercle imaginaire. Soudain, Qutula se baissa et sortit de sa botte un minuscule poignard, qu'il lança, vif comme l'éclair, sur son rival. La dague se planta dans la poitrine de Mangou, qui s'effondra en poussant un râle. Sa torche tomba sur le sol et enflamma la mèche. Aussitôt, le feu s'engouffra dans la galerie en grésillant.

– Oh, non ! s'écria le chamane, prêt à courir à l'extérieur.

Mais Mangou avait réussi à se relever ; il attrapa le sorcier par la jambe de son pantalon. Les deux hommes s'effondrèrent ; on entendit le bruit métallique du sabre heurtant la pierre. Cloué au sol par son adversaire, Qutula frappait l'air de ses poings et donnait des coups de pieds enragés, mais Mangou ne lâchait pas prise.

— Fuyons, vite ! Ça va sauter ! cria Julien avant de foncer à l'air libre.

Ses amis sur ses talons, il trouva refuge derrière un bloc de pierre. Kija se blottit contre Kim.

— Il était temps ! s'exclama cette dernière.

À l'exception de Tscha et de ses proches, qui avaient réussi à sortir de la galerie, personne ne les avait suivis. Pris dans la bataille, aucun des combattants n'avait remarqué le danger qui les menaçait.

Les enfants se recroquevillèrent ; Julien ferma les yeux. Aussitôt, une explosion terrible leur déchira les tympans et fit vibrer la terre sous leurs pieds. Une pluie de cailloux vola, puis un énorme nuage de poussière s'éleva dans le ciel, recouvrant le paysage d'un voile gris. On entendit un fracas assourdissant, et ce fut le silence.

Léo se décida le premier à quitter leur refuge.

— Oh, mon Dieu ! gémit-il, bouleversé.

Le souterrain s'était écroulé, engloutissant sous des tonnes de roches Qutula, Mangou, leurs soldats et les bêtes de somme.

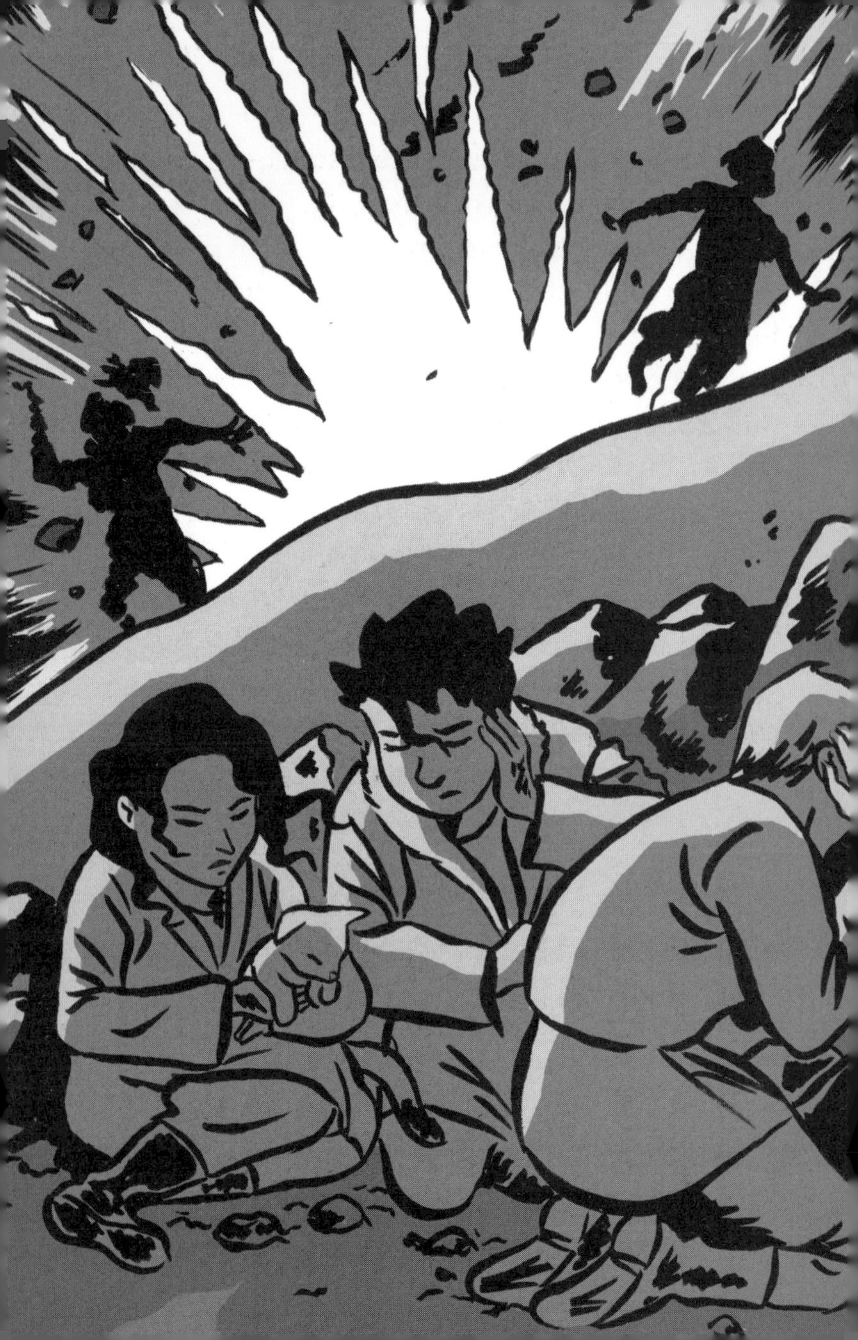

— La dernière demeure du khan est devenue leur tombeau, soupira le garçon.

Ses amis le rejoignirent.

— Quelle fin cruelle ! Ils ont été victimes de leur cupidité, constata Kim avec tristesse.

— En tout cas, on sait à présent que le trésor de Gengis Khan n'a pas été volé, remarqua Julien. Il ne doit plus rien rester des bijoux après une telle explosion ! La tombe est ensevelie ; personne ne pourra jamais la retrouver !

Tscha et sa famille s'approchèrent à leur tour.

— Nous vous devons un grand merci, dit en souriant la petite Mongole. Et à votre chatte aussi ! C'est une bête magnifique !

Kija leva les yeux vers elle en miaulant.

— Parfois, j'ai l'impression qu'elle comprend ce que je dis ! ajouta Tscha. Mais ce n'est pas possible, bien sûr…

Kim lui rendit son sourire :

— Qui sait…

Troublée, Tscha fronça les sourcils, resta quelques secondes plongée dans ses pensées, puis changea de sujet.

Après avoir jeté un regard vers ses parents, elle annonça :

— Maintenant que nous sommes libres, nous allons regagner la terre de nos ancêtres. Mon père propose que vous vous joigniez à nous.

Les enfants échangèrent un coup d'œil embarrassé. Finalement, Julien prit la parole :

— Nous te remercions pour ta proposition, mais nous allons ailleurs.

Il désigna les montagnes.

Tscha inclina la tête :

— Vous êtes sûrs ? Je ne connais personne qui souhaite se retrouver seul et sans protection dans cette région aride !

Un air malicieux s'afficha sur son visage :

— À moins que vous ne soyez pas des êtres ordinaires... tout comme cette chatte !

Léo, Julien et Kim ne surent que dire.

— Dès le début, j'ai eu le sentiment que vous étiez différents. C'était comme si une auréole magique vous entourait. Enfin... On doit parfois accepter de ne pas tout comprendre. Notre monde est rempli de choses incroyables, et c'est bien ainsi.

Elle les serra dans ses bras l'un après l'autre.
– Prenez soin de vous, leur souffla-t-elle en guise d'adieu.

Les yeux brillants de larmes, elle se détourna brusquement et rejoignit ses parents. Alach tenta de convaincre les enfants de les accompagner, mais ils refusèrent poliment. La famille prit le chemin du retour.

– Et maintenant on retrouve notre grotte et on rentre chez nous! lança Julien. Notre petite ville bien tranquille commence sérieusement à me manquer. Qu'en dites-vous? On a élucidé toutes les énigmes, non?

– Absolument, confirma Léo. J'espère que l'explosion n'a pas endommagé notre caverne. Julien, toi qui l'as repérée tout à l'heure, montre-nous où elle est!

Le garçon désigna le nord; Kim et Léo reconnurent aussi l'entrée bien particulière du souterrain, apparemment intacte, et s'y élancèrent.

L'ombre et la fraîcheur les y accueillirent. Dès que leurs yeux se furent habitués à la pénombre, ils aperçurent une étrange lumière bleutée: celle de Tempus. Alors que Julien et

Léo se dirigeaient vers cette mystérieuse clarté, Kim se retourna pour regarder une dernière fois la steppe qui s'étirait au pied des montagnes comme un immense tapis vert. Au loin, elle vit un petit groupe de gens, guidé par un enfant.

– Toi aussi, Tscha, prends soin de toi, murmura-t-elle. J'espère que l'un de tes puissants dieux te protégera…

À cet instant, la chatte se frotta contre sa jambe en miaulant.

– Tu as raison, Kija, il faut y aller…

Elles rattrapèrent Léo et Julien.

Deux semaines après leur retour, Kim, Léo et Julien étaient assis dans la bibliothèque du monastère Saint-Barthélemy. Ils s'étaient installés dans un coin où ils ne risquaient pas d'être dérangés, et révisaient, avec un intérêt moyen, un contrôle de chimie prévu pour le surlendemain. Kija, les yeux mi-clos, était couchée sur le rebord d'une fenêtre. Un rayon de soleil faisait briller son pelage soyeux.

– Quelle barbe ! Je ne comprendrai jamais ce tableau périodique des éléments ! dit Kim.

Julien essaya de la réconforter :

– Mais si, tu y arriveras… De toute façon, on ne te demande que de l'apprendre par cœur.

– C'est ça, justement, qui est horrible ! gémit Kim en bâillant. Je mélange tout !

– Moi aussi, avoua Léo. Je n'arrive pas à me mettre ces formules dans la tête !

Il se leva pour s'étirer et aperçut un présentoir où étaient disposées des revues spécialisées. Il s'empara du dernier numéro du *National Geographic* et parcourut du regard l'abondant sommaire. Tout à coup, son visage se figea.

– Ce n'est pas possible ! souffla-t-il.

Kim et Julien levèrent la tête :

– Qu'est-ce qui t'arrive ?

Sentant que quelque chose d'important se préparait, Kija se rapprocha des enfants.

Léo posa le magazine sur leur bureau :

– Regardez ! Une nouvelle expédition part à la recherche de la tombe de Gengis Khan !

Ils se plongèrent dans la lecture de l'article : une équipe de chercheurs russes et chinois était partie pour la Mongolie au début du mois.

— Ils fouillent dans la région du mont Burqan Qaldun ! résuma Julien. Ils ne risquent pas de trouver la sépulture dans ce coin !

— Exact ! confirma Léo. Mais on peut difficilement aller les conseiller…

— C'est certain, approuva Julien.

Un petit rictus sur les lèvres, il ajouta :

— À moins que toi, Kim, tu n'aies envie de retourner dans la steppe…

La jeune fille, sur la défensive, le dévisagea :

— Pourquoi moi ? Tu crois que j'ai envie de trahir notre secret ? Et de raconter aux chercheurs ce que nous avons appris grâce à Tempus ?

Julien sourit :

— Non, ce n'est pas ça ! En fait, je me demandais si tu n'allais pas essayer de te trouver un mari en Mongolie… Tu as manqué ton prince charmant de si peu, la dernière fois !

Léo, ne pouvant se contenir plus longtemps, éclata de rire.

Kim plissa les paupières et fit la moue :

— Très drôle, Julien…, dit-elle avant de rire à son tour.

Gengis Khan :
un nom comme un cri de guerre

À l'époque où naît le futur Gengis Khan, les quarante clans mongols qui occupent une immense région d'Asie Centrale sont toujours en guerre. Ils se battent contre leurs rivaux, les Turcs et les Tatars, mais aussi entre eux.

Les avis des historiens divergent sur la date de naissance de l'enfant, située entre 1155 et 1167. Son père l'appelle Témudjin. Selon la légende, il naît en tenant dans sa main droite un caillot de sang aussi gros qu'une pierre. Le chamane en déduit que le bébé sera un grand guerrier.

Âgé de neuf ans, le garçon a déjà une étonnante réputation : il aurait tué un ours à mains nues. La même année, son père meurt, empoisonné par les Tatars. Restée seule, sa mère, jugée trop fragile par les membres du clan, est bannie de sa tribu. Elle élève tant bien que mal le jeune Témudjin et ses frères.

En tant qu'aîné, Témudjin devient chef de famille à quatorze ans. Deux ans plus tard, il tue son demi-frère pour le punir d'un vol, et épouse Börte, qui lui donnera quatre fils et plusieurs filles. Comme la plupart des Mongols de l'époque, il aura de nombreuses autres compagnes.

À dix-neuf ans, devenu un guerrier redoutable, il entreprend de rassembler sous son nom les différents clans qui vivent en Mongolie. Il lui faudra vingt ans de combats implacables et d'alliances stratégiques pour parvenir à ses fins. En 1206, sa réussite est totale : il est à la tête d'un empire immense.

Le *khuriltai*, le conseil des chefs, le nomme chef suprême des Mongols, et le proclame Gengis Khan, Souverain Universel.

Il fonde Caracorum, la nouvelle capitale de la Mongolie, et met en place le Yassak, un ensemble de lois sévères mais justes, que les peuples mongols, unis sous l'autorité de leur khan, doivent respecter.

Dès 1211, la puissante armée mongole entreprend la conquête de la Chine du Nord. En 1215, le khan et ses guerriers déferlent sur les Chinois, qui, terrifiés, se retranchent dans Pékin. Mais rien ne résiste à Gengis Khan : la ville, entièrement rasée, brûle pendant soixante-dix jours.

Entre 1218 et 1220, l'armée de Gengis Khan remporte d'importantes victoires en Russie, en Pologne et en Hongrie, mais surtout défait l'empire turc, qui englobait alors la Perse. En 1226, le chef mongol se dirige vers le royaume des Tangoutes. C'est sa dernière campagne. Il meurt au soir de la victoire, le 18 août 1227.

Sa mort a été l'objet de plusieurs interprétations. *L'histoire secrète* prétend que le khan a succombé des suites d'un accident de cheval. Mais cette version est difficile à croire, car une année complète s'était écoulée entre la chute et le décès du souverain.

Walter Heissig, grand spécialiste allemand de l'histoire de la Mongolie, mentionne d'autres raisons : d'après des chroniques du XVIIe siècle, le conquérant mongol aurait été empoisonné par la femme du prince tangoute, la belle Gurbelcin, que Gengis Khan voulait épouser de force.

Sans doute la vérité ne sera-t-elle jamais connue, car, en dépit de centaines d'expéditions, ni le cadavre de Gengis Khan, ni sa sépulture et ses trésors d'or et de pierres précieuses n'ont pu être retrouvés. Sa tombe est probablement située au cœur du mont sacré Burqan Qaldun ; cependant plusieurs sources évoquent la région d'Ordos, où il décéda. Quelques écrits racontent que des conditions météorologiques épouvantables empêchèrent le convoi mortuaire d'atteindre son but.

Un seul point fait l'unanimité : son escorte élimina toute personne pouvant avoir connaissance du lieu de sa dernière demeure. Cette sépulture mystérieuse fut nommée Ikh Khorig, le grand tabou.

Les principales qualités de Gengis Khan étaient le courage et la détermination, mais il sut également faire parfois preuve d'ouverture d'esprit et de tolérance. Il se révéla un monarque habile, dont les sujets appréciaient le caractère honnête, juste et généreux.

Par-dessus tout, le Souverain Universel est considéré comme l'un des conquérants les plus talentueux de toute l'histoire. Ses succès militaires reposaient à la fois sur la vivacité de ses hommes, cavaliers hors pair, et sur ses talents de tacticien. Son nom est resté synonyme de destruction et de mort, car il était très cruel envers ceux qui tentaient de lui barrer la route. Pour atteindre ses objectifs, il était capable d'user d'une barbarie féroce, comme en témoigne cette citation dont il serait l'auteur :

« Le plus grand bonheur du Mongol est de vaincre l'ennemi, de ravir ses trésors, de faire hurler ses serviteurs, de voir les larmes couler sur le visage de ses proches et de serrer ses femmes et ses filles dans ses bras. »

GLOSSAIRE

Aïrak : lait de jument.

Arkhi : boisson alcoolisée, à base de lait et de yaourt fermentés, puis distillés.

Bosuga : seuil de la porte. On considérait que l'esprit de la maison y résidait. Voilà pourquoi trébucher dessus portait malheur et était passible de la peine de mort.

Chamane : prêtre, à la fois sorcier, exorciste et guérisseur. Pour communiquer avec les esprits, il se plonge en état de transe grâce à une danse qu'il exécute en jouant du tambour.

Dal : spécialité culinaire à base d'épaule d'agneau très tendre.

GLOSSAIRE

Etugen-eke : divinité mongole. Son nom signifie « mère de la terre ».

Gour khan : souverain au pouvoir absolu.

Guriltai shol : soupe épaisse, contenant des petits morceaux de viande et de pâte.

Ikh Khorig : appellation donnée au lieu secret où Gengis Khan fut enterré. Ce mot signifie « le grand tabou ».

Köke Möngke Tangri : appelée également « l'Éternel Ciel Bleu », c'est la plus puissante des divinités mongoles, celle qui est à l'origine de tout. La Lune et le Soleil lui obéissent.

Maniqan : dieu de la chasse.

Miqa : plat nourrissant à base de viande d'agneau et d'oignons.

Morin-khuur : instrument à cordes ressemblant au violon.

Ongon : esprit protecteur.

Qoruja : boisson à forte teneur en alcool.

Tougurga : épais tapis en feutre, qui recouvre la plupart des yourtes pour les isoler du froid. On l'imbibe de graisse afin qu'il reste imperméable.

Tulga : poêle à trois ou quatre pieds.

Yal-un qan eke : divinité mongole. Son nom signifie « mère du feu ».

Yasoun : tribu, famille.

Yisün toqoi : jeu d'adresse, dont le but est de propulser l'osselet de l'adversaire d'une adroite pichenette, afin de lui faire franchir une ligne.

Yourte : tente arrondie, en bois et en feutre, constituant l'habitat traditionnel mongol.